耀眼如你

蔚夏 著

目次

楔子

相聚時刻

一

其實，想要大聲喊叫。
其實，想要奔跑起來。

如果喊出來，似乎就會被發現；
如果跑起來，似乎就會追上來；
如捉迷藏般躲藏著的不幸，似乎會用力抓住腳踝……

於是，
我們必須竭盡全力，慢慢地走。

——《청춘시대 2》

二

CR高中普通科。一年A班。
「唉，那個人好有氣質，在看書呢。」宋云婼站在教室門口自言自語，「早知道就早點到了，現在進去多尷尬啊……」

「同學，借過。」一個冷漠的男聲在她身後響起。

「抱、抱歉。」她下意識道歉，閃了身，還沒來得及回頭，人就路過她，進了教室。只留給她一聲：「嗯。」算是回應。

她仔細瞧了下他的背影，聲音的主人長得很高，揹著鬆垮垮的書包，身穿早已修改過的合身制服，戴著黑色護腕的手拿著一個保溫瓶，他似乎沒有在尋找座位，而是目標明確地往看書的女孩走去，下一秒，保溫瓶落在女孩桌上，然後那人腳一跨，就面對著她在她面前坐下。女孩看了保溫瓶一眼，毫不猶豫地皺眉。男孩沒理她，而是打開保溫瓶的蓋子，倒了一杯，放到她面前。

宋云婄暗自嘀咕，「哇，這是八卦嗎？新訓第一天，就有班對？」

忽然那男孩轉過來看著宋云婄，挑起眉，「同學，妳是我們班的嗎？」

沒想過他會跟自己搭話，宋云婄嚇了一跳，心虛地以為自己剛剛的喃喃自語被聽見了。女孩見她的反應，搖搖頭，「你又嚇人了。」

「我沒有。」

「但還是嚇到人了。」女孩望向她，「是我們班的就進來吧，尹赫允神經太敏銳，一直在他背後盯著他，他都會有感覺的，而且他也不喜歡。」

「我、我沒有盯著他。」她邊嘴硬道，邊踏進教室，走向他們，在女孩旁邊的座位坐下。

女孩知趣地笑，「少爺，你自作多情了。」

「我的背不會騙我。」眼前這個稱作尹赫允的人被打趣也不是太在乎。他用手指敲了敲杯子旁的桌面，

「要涼了。」女孩瞬間又回到無奈的表情，嘆了一口氣，嘟噥道，「真的不喜歡。」

宋云婄看了那黑色的液體幾眼，「中藥？」

「妳要喝嗎？」女孩問。

她死命地搖頭。

「唉，明明一開始是陪你喝的，結果你喝完了我還沒完。」她拿起保溫杯蓋，哀怨地看著他。尹赫允右手撐著下巴，「這補妳的身體，沒辦法。妳就喝完這杯，其他我幫妳喝。」

「妳叫什麼名字？」她突然轉過來看她。

「……宋云婄。」

「喔，云婄，妳真的不喝嗎？」

問她的名字只是為了邀請她嗎……

宋云婄湊過去聞了聞，一臉凝重，「加油。」

「尹赫允我討厭你。」被說討厭的人倒是笑了，「每喝一次藥妳都這麼說。」他把左手伸給她，「借妳，趕快喝。」女孩閉上眼睛，左手抓著他的手，頭一仰，一口氣喝完了藥。宋云婄雖然不喜歡中藥，但看人這麼視死如歸地喝藥還真是覺得有些誇張。然而，當她看了她喝完後的反應，她覺得剛剛的誇張好像也不怎麼誇張了。當她喝完，宋云婄第一個看見的是尹赫允的手腕紅了，可以推估力道不算小，第二個看見的是女孩癟起嘴，眼淚瞬間掉了下來。

「這、這麼難喝啊？」她忍不住問。眼睛還紅著的人慎重地點點頭。

尹赫允倒是見怪不怪，不知從哪裡變出一塊梅餅，遞到她嘴邊，她張口含走。他滿意地微笑，「有別人在，好像比較好哄。」女孩鼓著一邊臉頰，對他投以鄙視的眼神。尹赫允拍拍她的頭，起身移往她身後的位子。後來，大概還是因為嘴巴苦，說不了話，那個女孩在紙上寫了兩個字，指了指紙面，又指了指她自己。

「秋喻？妳的名字？」

她點頭。

待秋喻終於好些，可以開口說話後，兩個女孩就這麼聊起來。宋云婄這才知道，秋喻和尹赫允才不是什麼班對，只是隔壁鄰居，兩邊家長是舊相識，一起約好買房子，買在對方隔壁，就這樣過了好幾十年，而他們理所當然地一起長大，成了所謂的青梅竹馬。

「我還以為有卦可八。」宋云婄很直接地把「八卦」拆來用，沒想到秋喻還聽懂了，理解地笑，「聽起來有瞬間少了樂子的感覺，不過沒關係，妳可以從其他人身上開發。」在後面安靜看書的尹赫允默默地補了一句，「同意。」

「同意？」宋云婄有點懵。

「他不喜歡被八卦，」秋喻說明了這點，又補充，「但是八卦別人就可以。」

「……啊，就是你們不想當話題人物的意思嗎？」

「嗯，就是。」

「嗯，就是。」

「可以不要默契那麼好嗎……」

「是他學我講話。」

「是她學我講話。」

被兩人又一次的異口同聲又懵了一次的宋云婄這次不說話了，默默把早餐放在桌上開始吃。

三個人就這樣安靜地做著自己的事情，而其他人也陸陸續續地進到班上。沒有太多的人說話，一直到早自習的導師時間皆是如此。普通一A的班導師在鐘響時進到教室，她一頭烏黑俐落的短髮，一身剪裁合身的黑襯衫紮進黑色牛仔褲裡，踩著黑色高跟鞋，站在講台上，表情沉靜地環視教室一周。班上的人都看著她，對於她的嚴肅有些緊張。終於她開口說話，「各位普通科的同學大家好，我是你們未來一年的班導。我叫徐萎。進到了這間學校這個科系，就甘願地、好好念書，不論你有沒有遠大的夢想，不論你是否對未來擁有願望，你已經在這裡了。」

不論如何，你都已經在這裡了。

「往後，我的衣裝便是這樣，黑衣黑褲，跟你們一樣。希望黑色，是你們最榮譽的團結。以上。」

台下一片靜默，面對著這段話，他們不是沒有聽懂。

他們不是沒有聽懂。

在CR高中，各系有各樣的制服樣式，這是學校的特色，同時也是變相的階層象徵。而普通科，是被CR高中的人最輕忽的科系。在專業分流最強盛的高中，念的是普通科，圖的是什麼？是不是盼著能夠從中得到一些資源？是不是為了日後能擠進CR大學而鋪路？在那些已明道路、在專業中求精的學子眼裡，許多的猜測與不屑堆積成他們眼裡的普通科。而在校園裡五顏六色的制服中，普通科是全然的黑。黯淡無光、毫無特色。

這樣不起眼的科系，選擇到來，圖的是什麼？

教書近十年，徐萋只願意待在普通科。她知道，這些孩子來到這裡，心中都有一張藍圖，尚未開展描繪、抑或已是草圖近棄，關於自己眼裡的光，心裡的熱度，他們觸手不能及，卻也不懂得放棄。

於是來到這裡，圖的是機會。

勇敢也好，放棄也罷。

來到這裡，再給自己，一次機會。

三

開學典禮。

普通科排在場邊的角落位置，看著各個科系陸續進場。宋云婕直盯著那些漂亮又特別的制服，順便在腦中複習新生手冊上哪個制服屬於哪個科系，看著看著又忍不住跟秋喻閒聊，「ＣＲ高中果然是階層學校啊，上層科系的眼神跟其他系都不一樣。制服也不一樣。」秋喻也望了眼，「上層科系是什麼？」

「這我也是聽說的。有些科系在ＣＲ裡特別有名，加上專屬的制服象徵，就形成類似階層的型態，上層科系就是指那些有名的科系呀。不覺得連典禮站的位置都有點這樣嗎？前幾排。」

「前幾排……」她踮起腳看，花花綠綠的一片，秋喻給了宋云婕一個無奈的眼神，「看不出個所以然。」因為自己根本就不記得制服跟科系的對應資訊。

宋云婕給她一個「我想也是這樣」的表情，開始給她科普，「說到ＣＲ的上層，有四大系，而首推的是音樂系。他們啊，專業性太強、得獎頻率太高、學生名氣太響，重點是，制服超美的，看看他們的外套，那是貴族式外套。這種天穿外套做什麼？顯擺唄。而且女生的裙子是經典的紅黑格子百褶裙，配的也是紅黑格子的領帶，而男生雖然是一般西裝褲，但是要求剪裁合身，各個看起來人高馬大的。一整個就是學院風啊……」宋云綪眼神滿是羨慕，語氣感嘆，「而且學音樂的又有氣質，講話輕聲細語地，修養好得呢。」

秋喻對那身學院風的制服也是頗感嘆，又想到普通科的黑，更是感嘆，她只好讓宋云綪轉話題，「那第二推的呢？」

「法文，絕對是法文。音樂系是姿態上是貴族，而法文系是骨子裡是貴族，系上人少卻是精挑細選進來的，儀態、氣質、知識，都是培養重點。不是有句話說人美而不自知嗎？他們的貴氣默默地就散發出來但他們自己從不這麼覺得。而且他們系不如音樂系從早到晚關琴房練習，整日清閒地看書，與世無爭的氣息特別清爽，人都說法文系是CR的一股清流，制服又剛好是天空藍，多搭呀。」

秋喻笑，「妳是對這間學校做了多深的調查？看妳跟迷妹似的。」

「我只是有一陣子都在電腦前眼睛閃閃發亮而已。」她玩笑道。

在校長的致詞時，宋云綪把四大系另外的兩個系，競技系和舞蹈系都給秋喻講完了。秋喻默默地佩服宋云綪的記憶力，又看宋云綪有些癡迷地看著前排的學生，拍了拍她的肩膀，「安慰妳一下。」

「嗯？」

她指了指自己的腰，「我們的襯衫好歹還有收腰的設計，也不是太沒救。」

宋云綪聽了也懂了，知趣地笑說，「這真的該慶幸，不然只能更難看。」

待整個流程結束後，已經到了中午吃飯時間。普通科不像其他系早上的時間是專業選修，來去自由，他們從早上七點半開始早自習，一直到下午五點都得上課，於是吃飯都在教室吃，沒能出去。就算今天是開學典禮也一樣。

經過一個早上的相處，宋云嫿與秋喻熟悉了些，此刻的吃飯時間，宋云嫿很自然地把自己的椅子挪過去，將自己的便當放在秋喻桌上，明目張膽地占據了通道。秋喻也沒有跟她客氣，「妳要是把飯菜湯汁弄到桌面上了，妳得刷。」

宋云嫿一臉稀奇，「妳有潔癖？」

「沒有。但就是不能弄到。」

那不就是有潔癖嗎？宋云嫿納悶。

尹赫允從講台前走過來，兩手各拿著剛從蒸飯箱拿出來的自己和秋喻的便當盒，正好聽見她們倆的對話，很快就理解了狀況。「先把紙鋪好。」他跟秋喻說。秋喻早就準備好厚厚的一沓紙放在抽屜，就是用來墊便當的。她鋪好，尹赫允右手穩穩地放好便當，還附帶開蓋的服務，這才說道，「她那不是潔癖，是強迫症。反正妳不弄到她要趴著睡的地方，她不會太為難妳的，頂多就擦乾淨。」

宋云嫿聽到後面才知道他是在跟自己說話，慢半拍地領悟，「那我靠邊點吃唄。妳總不會趴邊邊角角的地方吧？」

秋喻無害地笑了笑，「看心情。」

「……紙可以分我幾張嗎？我也想要墊著。」

「來，給。」

尹赫允坐在後邊幸災樂禍地笑。這苦頭他小時候沒少吃過，後來要嘛就各自吃各自的，要嘛他就端著秋喻的桌子他可招惹不起。

這時，徐萋從教室前門走了進來，後頭跟著一個學生，也是穿著普通科的制服，書包揹在一邊的肩上。一頭深褐色的頭髮，瀏海沒有全蓋住額頭，顯得乾淨清爽，而他的臉上沒有任何表情，也似乎沒有一絲緊張的情緒。

大家安靜下來，看著台上的人，等著徐萋說話。

徐萋也沒想多說什麼，直接跟旁邊的人說了句，「自我介紹一下吧。」那人鎮定地點了個頭，隨即看向台下的學生們，「大家好，我叫嚴昕。」

徐萋等了幾秒，意識到他沒有要再多說的意思，便接過話語權，「就這樣。嚴昕同學因為有些事，比你們晚些報到，今天才過來。在適應方面，班長請適時幫忙。嚴昕同學因為長期不在台灣，對環境的陌生也請大家多包容。另外——」徐萋看了一眼嚴昕，嚴昕則緩緩地點頭，她繼續說道，「——他比你們年長得多，希望你們好好相處。以上。」

她安排好嚴昕的座位之後就離開。

大家一時間都有些愣然，但很快又恢復平常的樣子，吃飯的吃飯、看書的看書。宋云婼將視線轉了回來，疑惑地問，「比我們年長得多是多多少啊？看樣子不老啊。」

「二十歲差不多。」尹赫允說。

「二十歲！」宋云婼訝異。

秋喻點頭，「他猜年齡很準的，頂多誤差一歲。」

「二十歲了為什麼還來念高中啊？」

「不是說長期不在台灣？」秋喻點破。

「這樣啊……」宋云婄不再多討論。本來就是好奇而已，再繼續說就好像在說人是非一樣，她不喜歡，於是，「人各有志、人各有志。」就這樣結束了話題。

下午最後一節課前是打掃時間，以徐萎乾淨俐落的個性，分工表早已定好，男孩們分到的幾乎都是要攀高跑腿的粗重工作，女孩們相對地輕鬆，這樣的分配也沒人敢說什麼，徐萎一句「你們平常旺盛的體力不用在這裡，我還等著你們給我盡情作亂？」言下之意就是該勞動就勞動，他們累點，她省心。

女孩們開始去做自己的工作，而尹赫允在男孩群中當了先鋒，什麼也沒抱怨，乾脆地拎起大垃圾桶，出了教室去倒垃圾。這種體力活他做慣了，沒覺得有什麼。秋喻分到窗戶和窗台，宋云婄分到走廊，負責拖地，她拿著拖把，賴在秋喻身邊，嘟噥著，「不喜歡拖地呀，還比較喜歡掃地呢……」

「去偷換？」

「不，班導太可怕了……」

「拖地也沒有不好啊，嗯，可以晚點做事。」秋喻看著許久沒擦過的窗溝皺眉。宋云婄嘆，「妳這個理由找得也太不真心了，晚點做事哪裡好了？」秋喻搖搖頭，「因為我也不喜歡拖地，實在沒法真心稱讚拖地。」

這時，衛生股長喊道，「拖走廊地的是誰？」

宋云婄無奈地舉起了手。

雖然不喜歡拖地，但她還是很盡責地把地拖好，該出力時出力，該拖兩次的時候拖兩次。這時候，大部分的人都把工作做完，在教室裡聊天，外頭只剩她還在洗拖把。忽地，一個人轉開她隔壁的水龍頭洗手，夕陽的餘光被他擋去了大半，她抬頭看了眼，認出了他是今天才來報到的學生。宋云姞想起尹赫允中午猜測的數字，再看看本人，也不像啊，好歹也只有十七、八歲吧……

「需要幫忙嗎？」他開口說話。

她回神，「嗯？」

他關上水龍頭，看著她，「一直看著我，是需要我幫什麼忙嗎？」

她意識到自己的壞習慣又犯了，趕緊搖頭，「沒有沒有，我只是恍個神。」說完，便立刻轉回視線，把自己眼前的水龍頭關上，伸出右手拉住擰乾拖把的拉把，努力將水分擠出來。拉了幾次之後，宋云姞覺得可以了，正要把拖把拿出洗手台，嚴昕的手就伸了過來，「給我吧。」沒等她反應過來，拖把就落在他手裡。

他看起來沒用什麼力，可還是擠出了水，宋云姞默默反省：原來自己這麼沒力啊……

「謝謝你啊，可我真的不是要請你幫忙才看著你的，我真的就是恍神。」她無奈地說。嚴昕還很專注地處理拖把，一邊回答她，「沒事，舉手之勞而已。」

宋云姞左看看、右看看，知道自己的另一個壞習慣又要犯了。她歪了下頭，隨即擺正回來，話就說出口，一鼓作氣地、幾乎沒有間斷：「我能不能問你個問題啊？如果你介意，不用回答沒關係，我就是好奇你年長我們得多是多多少，你看起來一點都不老啊。」唉，她果然還是沒忍住。

嚴昕倒是沒什麼特別的反應，只是問了句，「妳的老，定義是什麼？」突然被這麼問，她下意識地說，「呃，三十歲……？」他聽了，忍不住笑，「這樣的話，我自己也覺得我一點都不老。」

看他笑了，她猜年齡應該不是他的地雷，便問，「你不介意這個問題嗎？」

「不是很介意。」他把拖把遞還她，「年紀只是小事。」

「這話聽起來好像老人。」她的表情特別真誠。

他不以為意，「高一，是十六歲吧？」

她點點頭。

嚴旿微勾起嘴角，轉過身又一次把手洗乾淨，看了眼手錶，說了句，「加五吧。」就進了教室。

宋云婄愣了幾秒，聽見了鐘聲才慢半拍地領悟了「加五吧」的意思。

十六加五……

二十一？

二十一歲的意思？

唔，尹赫允還真的很準啊……

來上A班最後一節課的徐姜看見她拿著拖把站在走廊上，不知道在想些什麼，依稀記得她是自己班的學生，就拿著課本的手在她面前揮了揮，語調冷冷地說，「小孩，打鐘了還不進教室，不上課？」

宋云婄被徐姜那張臉嚇了一跳，趕緊拿著相依為命的拖把竄進教室，將東西都歸位，匆匆回到座位上後，她還不忘癟起嘴跟秋喻賣賣委屈樣，無聲地想用眼神告訴給她：班導真的好可怕……

秋喻識趣地笑，給她一塊尹赫允剛剛給自己當零食的巧克力，象徵性地讓她壓壓驚。

四

那時的他們並不知道，彼此的前來，其實是一場雨。

／

那一刻，所有掌聲及話語都安靜下來。
她逆著刺眼的燈光望向他，彷彿又回到了那個夏天。
初遇的場景在她腦中浮現，他的聲音重新回到她的耳邊。

那時的她並不知道，他的前來，是一場雨。
雨過會天晴。
可他的天晴，沒有彩虹，只有一片乾淨得什麼也沒有的天空。
她才知道，那是他的心。

／

記憶中，每一刻你嘴角牽起的笑意，終將在這樣的時候，和我所注視的你，重疊在一起。

我終於看見了你的失去。

才懂得，原來所有的雲淡風輕，都重得需要用一輩子去記憶。

五

於是，他們的故事將要展開。

CR高中普通科。

願黑色，是你們最榮譽的團結。

第一話
此處無風

一

捷運上，有兩個學生身穿著黑色制服，並肩而坐。兩人並沒有什麼交談，也沒在滑手機，而是各自拿著一本書安靜地看。他們翻頁的頻率相差無幾，神色認真，似乎也沒被車裡的交談聲與物品偶爾發出的瑣碎聲音影響到。隨著車廂小小地顛簸，男孩的視線從書上離開，轉向身邊的人，默了幾秒，他伸出左手，橫過女孩面前，把她左耳的耳機勾了過來，戴在自己的左耳上。動作行雲流水，也沒有半分不好意思，只在她側過頭來表示半困惑半莫名的反應時，對她得意一笑。

秋喻把書闔上，無奈地開口，「你每次都跟我搶。」

「這不是搶，是分享。」尹赫允笑得更深，隨即將背往後靠了靠，身子朝下挪了一些，讓自己的高度和她一樣，不至於拉扯到兩人中間的耳機線。

她拿起手機看了看，從原本的鋼琴曲換成了一首有人聲的歌。

尹赫允一聽就知道她換成了什麼歌。他看了她一眼，秋喻瞭然，輕笑了笑沒說話，將頭靠在後方，閉上眼睛。他聽著前奏，也學著她將頭靠著，只是他沒有閉上眼睛，他眼裡的笑意淺淺，又有些若有所思。

過了一陣子之後，尹赫允回過神來，望了下車窗外，又看向顯示站名的跑馬燈，愣了愣，側過頭看秋喻，人早就靠在一邊的玻璃面上動也不動了。

……果然是睡著了呀。

他只好苦笑，微坐起身，摘下兩人的耳機，然後拍拍她的肩膀，喚她，「秋喻，醒醒。」她嘟囔一聲，抱緊了懷裡的書包，沒有要醒的跡象。尹赫允默了默，判斷她是在「賴床」階段，嘀咕了句，「我可是仁至義盡了啊……」下一秒，他就伸出手，沒怎麼留情地揉亂她的頭髮，毫無章法地，頓時就看不見秋喻的臉。秋喻哪還能睡得著，馬上嚇了一跳，下意識護住自己的頭，露出睡眼惺忪又帶著哀怨的眼神，因為剛睡醒，眼睛還有些紅，就這麼傻愣著看他，「尹赫允，你瘋了……？」原本這是個肯定句，但因為驚魂未定，語氣不禁上揚了點，也帶著不敢置信的意味。

「我們坐過站了。妳再不醒，難道要我把妳扛下車？再坐回去？」

秋喻聽見過站兩個字，睜大了雙眼，趕緊撥好頭髮，兩人這才下車，然後換到對面月台等車。

再上車的時候，已經沒有位子可以坐，他們只好站在車門邊，下班下課的人潮一波波湧進，尹赫允高，對擁擠的車廂不太介意，但看著秋喻在其中像是要被淹沒的樣子，不禁蹙眉，輕拉了她一下，低頭道，「會不會不好站？包包要不要給我？」秋喻看著他身後同樣可怕的擁擠程度，搖了搖頭，反而她還記著剛剛的事呢，習慣性地就打了他的手肘一下，「我以為你八年級以後就不會再做剛剛那種事了。」

「唔，是有點懷念……」他純良地笑，秋喻覺得他別有居心，「還不是你要我跟你一樣早起，我才會在捷運上睡著的。以前是你惡劣、你幼稚，現在你不可以啊。」

「我現在也惡劣幼稚，這樣可以嗎？」

「你——」車忽然晃了一下，隨即又進入煞車的狀態，捷運上的人們瞬間都搖搖晃晃地、站不太穩，秋喻什麼東西也沒得抓，下意識握住尹赫允的手腕，他眼明手快，在她身後的人快撞上她時，伸出手擋下，順勢把她往自己這一帶，秋喻的額頭就抵在他的肋骨上，雙手也攥著他身側的衣角，尹赫允的手就半搭半握地停留在她的後頸上，溫度微微地燙。

她聽見身後的人說的「不好意思」，也聽到了尹赫允說的「沒關係」，秋喻正要抬頭，就感覺到他微低下頭，朝自己說話，「剛剛的事，我跟妳道歉唄。要有下次，我就不叫妳了，直接把妳扛走就是了。」

……秋喻忽然就忘了自己要抬頭跟他說什麼話，反正謝謝什麼的是不說了！

／

「跟你說了別晚上搬家，怎麼就不聽呢？聽說運氣會不好的。公司那裡也說不急，你急什麼？」顧海皺著眉站在玄關，看著搬家公司的人進進出出，習慣性地向旁邊的人碎唸，「這樣你今晚也沒地方能睡，還不是得去睡飯店？」

「今天開學，我不回來，什麼時候回？」嚴昕雙手插著口袋，漫不經心地看著箱子與傢俱就位。顧海癟起嘴，「誰讓你回台灣上學了……」

嚴昕憑藉著身高優勢睨了他一眼，「木已成舟。這個成語的意思懂嗎？」

「我的中文還好好的！」顧海最無法接受的一點就是他老是拿成語考他，好像他小時候沒學過成語一樣，他只是常常錯，又不是沒學過……

「所以既然已經決定要回來，那裡再待著也沒意思。」他輕巧地說。顧海默了默，「我們都希望你再回去。」

「行了，別婆婆媽媽的了。婆婆媽媽的意思懂？」

他哼了一聲，不理他，轉而去幫他照看傢俱的擺放細節。

嚴昨挑起眉，笑了笑，「不懂就承認，我又不會笑你。」

「現在去招輛計程車到飯店去！我房間都幫你訂好了！」

回到飯店的嚴昨洗好澡，光著上身從浴室出來。頭髮還濕著，他敷衍了事地用毛巾擦了幾下，人就坐上沙發，半躺地靠著椅背，毛巾早已扔在一邊。他盯著天花板上的燈飾，幾個眨眼的時間，他才明白，原來柔和的黃光也會刺痛眼睛。他閉了閉眼，坐起身。

他拿過桌上的盒子，拆開來，裡頭是一支新手機。想也知道，這是顧海送來的，方便他在台灣生活時能用。為了這支手機，幾個星期前顧海就對他進行全面的「審問」，喜歡哪個顏色、想要哪種功能比較好的、想要幾吋方便等等，讓嚴昨一度將他鎖在門外，連面都不跟他見。

他將手機旁邊的卡槽戳開，SIM卡跟記憶卡都已經裝好，接著開機，發現連電都充得差不多了。嚴昨嘆了口氣，「婆婆媽媽的意思是真的不懂啊……」但他還是笑了，笑得有些難受。

剛開好機沒多久，手機就顯示有簡訊，是他到飯店後沒多久傳的，他看了是顧海的名字，於是點開。

顧海：我是顧海，你應該知道，因為你有眼睛。你看到簡訊代表你開了新手機了，黑色、五點五吋、音樂功能良好，全是照你那時候的要求買的喔。你的手機號是090××××××，自己記著，我的號碼已經存進去了，你之前常用的ＡＰＰ也幫你載好了。噢對，網路是吃到飽的。現在房子都差不多好了，只是要打掃跟東西歸位，明天我會請人來弄，你只要上課別遲到就行。不要太感動，我就婆媽，我懂這個成語意思，我可是會Google的！

嚴昨退出簡訊介面，連上網路到Melon去，選了一首歌播放，隨即將手機丟在一邊，雙手枕在頭後，整個人癱在沙發上。

女聲從手機裡傳出，簡單的旋律，乾淨溫柔的聲音，頓時將房裡的氣氛柔化。他閉上眼睛，緩緩地吐出一口氣。那些咬字的細節、音色的轉變、換氣的節奏，他都無比熟悉，那人握著麥克風時手指習慣擺放的位置、低下頭閉眼專注的模樣、曾無數次側眼朝自己遞來的神情——

時間像是還沒過多久，歌卻已經循環第二次。

時間，像是還沒過多久。

嚴昕睜開眼，起身穿好上衣，戴上一頂白色的帽子，簡單地拿了房卡和錢包就出了房間。

沙發上的手機螢幕漸漸暗去，音樂卻沒有被停下。

二

是個一樣吵雜的地方。

他走在街道上，跟隨人群的流動，紅燈了就停下腳步等待，綠燈了便和一大批人一起湧入車潮的斷裂，穿越十字路口，和許多人會面又錯過。人潮的擁擠依舊令人感到負擔。

而華燈初上，將這座城市燒成大片火樹銀花。

是個一樣吵雜的地方。嚴昕想。

大抵都市裡的夜從沒靜過，連本質的黑都強制被點亮。整座城市都有些曖昧了。何時醒、何時睡，誰又醉了，誰又失眠。如同慢速到近似定格的後製處理，又如同眼前畫面飛快到來又消逝而去的縮時攝影，這個城市，抑或說這個世界，正以這樣兩極的面貌運轉著。

如此虛幻，卻是真的。

他在人群中停下腳步，惹得身後的人不得不變換行徫方向，有的人直接乾脆地繞過他，有的人咋舌了幾聲，留下不滿的話語才甘願離去。嚴昕無所謂。他什麼也沒注意到。

身在這個熟悉卻陌生的地方，他必須承認，自己還未完全適應下來。

他的心還留在那個地方——

胸口的位置瞬間顫了一下。

嚴昕緩緩地吐出一口氣，轉身走進剛剛路過的便利商店裡，從冰箱裡拿了一罐啤酒結帳，然後隨意在座位區找了個位子，坐下、手指一扣，響亮的開罐聲傳出。他挑起眉，這才微微揚起無奈的笑容。

「……果然酒無國界之分啊。」

／

終於將排版排好，按下送出鍵，整個畫面跳回主頁面，她這才發現底下多了一則留言，是幾分鐘前留的。秋喻滑動滑鼠滾輪看了眼。是來催更的。

○○：作者什麼時候更新呀，想繼續看啊。

秋喻嘴角微勾，飛快地打字：剛剛更新了。現在是一周二更喔，星期三跟五各更一次。打好之後，她隨即點下送出，回應了那位讀者。看著頁面刷新後一、兩個點擊率的上升，秋喻抿起嘴，將網站關掉，電腦上就剩下音樂和文檔還開著。她聽著音樂，開始背起明天要小考的英語單字。

就這麼過去了兩個多小時，她總算把學校的課業都搞定。而後，將東西收拾得差不多，她輕按下 Enter 鍵把電腦叫醒，螢幕上的文檔停在前幾天寫好的段落，灰灰小小的箭頭旁，一槓黑線閃爍著，似乎是提醒著她該打些段落出來。

秋喻閉了閉有些痠脹的眼，瞥了眼時間。十一點了。

將手搭在鍵盤上，卻帶著些遲疑。她稍稍抬眼，看了下貼在牆壁上的便利貼，輕嘆了口氣，帶著莫名的果決，抓過手邊的耳機，將線插進電腦，而後換了首歌，便開始打字。電腦螢幕的光線映照在她的臉上，秋喻神情專注，手上動作甚少停下，如此聽著合適的音樂，感受著手指碰觸鍵盤打字的聲音與快意，伴隨著故事人物的對白與心境，心懷都被捂熱，如身在其中。她就這樣沉進另一個世界裡。

夜深了。

她沉進了另一個世界裡。

另一個笑淚動人、婉轉情深的，她所珍愛的世界。

╱

清晨五點四十五分，天已亮了大半。

尹赫允一身運動服裝扮，脖子上掛著毛巾，正從外頭回到家裡。恰好碰上他媽媽從房裡出來，還有些睡眼惺忪地，看著他問，「你把饅頭弄下去蒸了嗎？」

「嗯。現在應該也好了。」他點頭，往自己房間走。

「那我回去睡了。啊，對了，我昨天煮了奶茶，你記得帶一杯給小喻，讓她喝喝看，看喜不喜歡，會不會太甜。」她轉了個身，又突然轉回來，「噢，要帶溫的給她。記得了？」

他無奈地站在房門口聽他媽媽把話交代完，然後才耐心地應了：「記住了。」

她滿意地笑，帶了點頑皮的笑意，「媽不偏心。我改天學煮豆漿來折騰你。」

尹赫允暗自吐槽，其實她是想折騰他爸吧……

回到房裡，他給秋喻打電話，算一次morning call。這個時間，秋喻當然還在睡夢中，咬字模模糊糊地，「今天……不能晚個十分鐘嗎？」

「晚十分鐘起床沒什麼差別，還是會很難起來。我等妳二十分鐘，不然我就去妳家坐坐了。」尹赫允聽完秋喻的哀號聲，笑了笑，掛上電話，便去沖了個澡，把剛剛因為慢跑而流汗的自己重新打理好。而在洗完澡後，他走進廚房，從電鍋裡拿出兩個饅頭，再從冰箱拿出奶茶罐，倒了一杯的量，放進微波爐微波一分鐘，再用他媽媽收集的星巴克玻璃罐裝好。尹赫允看著這一大罐奶茶，莫名有些好奇，也給自己倒了一小杯，喝了一口，面色忽地有些凝滯。

他嘆，什麼時候他媽媽也能把豆漿做得這樣不錯就好了……

六點十九分，秋喻家的門打開了。秋喻慢吞吞地走出來，身後是她媽媽面帶微笑地和尹赫允打招呼，「赫允早安。」

尹赫允直起原本靠著牆的身子，禮貌地回應，「阿姨早。」

「所以說為什麼他要住在我們家對面呢……」秋喻嘀咕，接著她毫無懸念地就被唸叨了，「妳這小孩，自己這麼晚睡，還怪人家太早叫妳起床，沒有讓妳跟赫允出去晨練已經很好了。」秋喻點點頭，「媽，我們要走了。」

「行，我不嘮叨，你們路上小心啊。中藥記得喝。」

秋喻：「……。」

「阿姨再見。」

兩人出了大廈，轉往捷運站的方向走。秋喻不禁打了個呵欠，惹得眼眶有些紅，尹赫允見狀，手隨意地勾住她的後背包提了提，正要調侃她讓她不要走路睡著，卻因手上感受到的重量而蹙了眉，「身高都已經不高了，妳還想壓矮自己？」

秋喻許是睏，沒有太大的反應，只是瞥了他一眼，「女生長高的黃金期已經過了。而且一百六十公分算很好的了。」

「昨晚幾點睡的？」

「一點多。」秋喻討好似地笑了笑，「你看你多殘忍，連十分鐘都不給我。」

尹赫允知道她忙到那麼晚是在做什麼，也沒說些讓她早點睡的話，只是用手示意她把自己的書包拿下來給他，他接過，揹在自己胸前，這才說了句：「規律時間起床至少比整個作息都顛三倒四好啊，傻瓜。」

「所以我媽才喜歡你呀，這麼養生。」她笑，並在過馬路時下意識抓著他的衣角。這是小時候的習慣。小時候尹赫允就比秋喻高，也比秋喻敢過馬路，她當然就緊隨著這個小夥伴了。

總說兒童時期，女生長得比男生快，而秋喻卻不是，小學的時候特別矮小，到國中時身高才抽起來，而那時候，尹赫允也抽高了。秋喻還嘆息過沒法趁小學的時候給他來個「身高優勢式」的嘲笑，以前沒法笑他矮，現在還被他嫌。

「那我媽喜歡妳什麼？總想著給妳變花樣。」

「嗯？」過完馬路了，她就鬆了手，捷運站也近在眼前。

「她昨天給妳做什麼？」

「芝麻糖包。」

「今天是奶茶。」

秋喻一聽，眼睛都亮了，帶著小歡呼蹦跳了幾下，「真的呀？太好了。那今天能不喝中藥嗎？你就裝作不知道。」

「不能。喝完中藥，奶茶才給妳。」

「……這小子。」秋喻癟嘴，從他胸前的包裡拿出自己的悠遊卡，揮了揮她的小拳頭，「要不是你比我高，姊就收拾你……」說完，就直接刷卡進站。

尹赫允從容不迫地從口袋掏出卡片，進站，臉上帶著得意的笑容向遠處直行的秋喻喊道，「早三天出生的姊，妳也等等我啊。」

她轉身，對他比了噤聲的手勢，他不滿意，繼續喊道，「秋小喻——」

秋喻趕緊往他那跑。

她到他面前，看著他滿臉笑容，莫名地也有點想笑。

尹赫允打趣，「醒了？」秋喻無奈地搖搖頭，「劣根性啊劣根性。」

「秋喻，今天……天氣太好了。」

她疑惑地抬頭，只見他眼望遠處的鐵軌盡頭，笑容已經淡下來。秋喻也望向那個方向。景象並沒有什麼特別，鐵軌筆直地延伸至看不見的地方，藍天純粹乾淨，日光是金色的，撒在兩側稍遠的樹上，風起，大片青綠搖曳，閃閃發光。

「今天……天氣太好了。」

她緩緩抬起雙手，比出了一個框，框住了眼前景色，接著身體一轉，景色變成了尹赫允的臉。他感覺到了，側頭看她。框裡，見她看著他時嘴角微揚，框裡，見他看著她時神情專注。然後，秋喻的聲音傳來，伴隨著蟬聲和暖風一起——

「嗯，今天的尹赫允，也很好。」

三

七點十五分，校園裡還沒什麼人聲，只能看見一些普通科的學生們，有些睡眼惺忪地從公車站過馬路、進校門，有些提著早餐慢悠悠地在教學樓間走著。宋云姮也是其中的一員，雖然她只符合慢悠悠這一項。

「果然只有普通科才是真正的高中生啊……」她看著空蕩蕩的校園喃喃自語。

在CR高中，是依科系來上課，為半大學、半高職的類型。專業科系早上都是系上必選修的時間，與大學制度相似，這也是因應之後在大學部能更深入專精，於是提早在中學階段打下基礎；而下午便是學科時間，以國英數三堂課為主。然而，普通科就如高中一般，因為無專業科可言，便是十科學科樣樣都要上，自然就是從早上七點三十分的早自習開始，一直到下午五點多的第八節課，甚至有到九點多的晚自習。身為普通科，與其他明星高中相比，待在CR高中的唯一好處就是，三年中如果有想要轉入專業科系，可以報名參加考試，一旦考進，而後順利畢業，就能進入大學部。畢竟CR大學不接受外部考試，唯有直升才是方法。

她走在紅磚步道上，左顧右盼著校園風景，這時，一小群人迎面而來，宋云姮一看，下意識地低了頭，往路的邊緣靠。其實路並不窄，但她就是不自覺地想讓出來。應該說，是想把自己藏起來。

她抓著書包的背帶，佯裝擺弄手機，默默地經過她們。

「剛開學，太累了，早上六點讓我們上肢體開發。什麼早八要命，我們這還早六呢。」幾個女孩子盤著包包頭，制服穿戴整齊，手上還拿著早餐，往宿舍的方向走。其中還有一個披著制服外套、裡頭卻穿著類似睡衣的女生，她接過話，「藝術生吶。我們也得早起簽琴房，說是高中部資源有限，大學部才不用。只好穿著睡衣跑去，再回宿舍睡覺。而且還要跟小高一搶……唉，還得捱一年到高三啊，高三有專屬樓層，競爭不大。」

「所以這依然不倫不類的穿搭是因為這樣嗎？」女孩們笑了笑。

「系裡大家都這樣，但就是這外套不能沒有，邋遢也得有榮譽感。」她不以為意地說，「我等等可要補眠啊，要擺什麼一字馬的別在我床前，太駭人了！」

「都一年了，妳還沒習慣啊？」

「都一年了，妳還是說我不倫不類呀。」

「我一直以為那是妳的個人特色！」

「……是我們系早上六點多到七點多獨有的特色，多有向心力！妳沒早六還看不到呢。」

聲音漸漸小了。宋云婛抬起頭，忍不住側過身去望。她們身上的制服太好認，又加上剛剛聽見的對話，她更加確定她們的身分。

那件貴族式外套就不用說了。而另外幾個女孩，一貫的包包頭，黃綠相間的格子A字廓形半裙，簡單乾淨的白襯衫，與其他科系不一樣，襯衫總是會扎進裙子裡，襯出身材，而領結是同色系細絲帶，氣質柔和……

宋云婛收回目光，看了看自己，身上的顏色，除了黑色，還是黑色。她莫名地抬手摸了摸自己的頭髮，嘆了口氣——

「好熱啊……」

說了句不著邊際的話。

當她進班，教室裡已經有不少人了。昨天位置已經排定，其實也就是按自己那時候選的位子坐，於是她就坐在秋喻的右邊，尹赫允依然在秋喻後面。她將書包放下，跟他們打了招呼。

秋喻眼睛有些紅，宋云婛便問：「今天又喝中藥了？」她沉重地點頭，「我們才認識第二天，妳就掌握了情況。」

「因為太印象深刻了。」一秒掉淚什麼的，實在是太有才能了。宋云婛坐下，把上課用具從包裡拿出來，偶然瞥見秋喻桌上的瓶子，微微驚訝，「一早就喝星巴克，好高級。」秋喻反應過來，搖搖頭，「一點也不，只是瓶子是星巴克的而已，這裡面裝的是奶茶。」宋云婛理解了，很有戲感地摸摸下巴，「我還以為呢。差點要把妳供起來了。」

「尹赫允的爸爸的老闆很喜歡請職員喝星巴克，所以他家星巴克的瓶子很多，妳可以退而求其次地把尹赫允供起來。」秋喻說著說著忍不住就笑了，惹得宋云嫿一起笑。

尹赫允坐在後頭，正看著書，聽到了秋喻說的話，也默默地勾起嘴角。

／

早自習。默書時間。嚴昨坐在最後一橫排的位子上，緊緊皺著眉，像跟誰有深仇大恨一樣。

嗯，他的仇人是一張紙。

嚴昨眼前的紙面上，只潦草地寫著默書的文章題目跟作者，其餘空白。這一行題目跟作者還是他照抄黑板才寫出來的。他又默默糾結了幾秒，用依然潦草地字跡寫上自己的名字，然後就趴下。

沒多久，他腦海裡忽然竄出顧海的臉，還有顧海的聲音，說著：我的中文還好好的！

他努力忽略，卻還是沒法忽略。

嚴昨坐起身，臉上的表情更不好了。

……明明就背了，為什麼腦子還是一片空白？韓愈到底是誰，誰見過他了！

很快地，國文小老師就讓大家交換改考卷，嚴昨就拿到了他人生中的第一個零分。他眨了眨眼睛，默了會兒，問改他考卷的同學，「難道……題目跟作者不算分？」似乎還嫌不夠，把考卷也湊了過去，「不算嗎？」

那位同學是個女孩，忽然被他一問，有些愣，有些怯，下意識地接過了他的考卷，小小地不知所措，

「我、我問問。」小老師正好坐她前面，聽到了對話，直接回答嚴盺，「題目跟作者抄在黑板上，應該是不能算的。」

得到答案，嚴盺收回了手和目光，喃喃自語了句，「我想也是……」

其實他心裡想著：現在的高中小孩也不容易啊……

隨後，小老師請最後一排的同學起身收考卷，嚴盺便往前一個一個收過來，看見了各式各樣的分數，也看見了所謂的滿分。他們這排只有一個滿分。礙於零分對他的刺激有點太大，這點心理不平衡讓他特地瞄了眼考滿分的人的名字。

宋云婼。

他又用考卷的順序去對座位，看看滿分的同學長什麼樣。

一看，認出來了，是那時洗拖把的同學。而她正拿著資料夾搧風，低頭偷吃了口零食，還把手伸向左邊，分了一個給隔壁的女孩。

他走回後頭，把考卷交給小老師，然後回到座位上。他從抽屜找出國文課本，翻到默書範圍，想跟韓愈混個熟，然而他越看越睏，精神都不好了，索性不再讀下去。

不讀書，那就發呆。嚴盺的習慣是如此。不做正事，那就發呆。

不過，雖說是發呆，更應該貼切地說，是任由思緒不斷跳躍，不去局限自己思考什麼、或是不思考什麼，隨興、隨機。

倏地，宋云婼這個名字跑了出來。而宣告早自習結束的鐘聲響起。

嚴盺從思緒中清醒，腦袋有意識地停在「宋云婼」這個名詞上。嚴盺自然而然地想起昨天下午的場景，以及剛剛看到的滿分考卷。他想，那小女生看起來有點傻，但一雙眼睛又透著聰明樣。有意思。然而，轉念一想，他便嘆了口氣——

現在的當務之急不是誰考了滿分，而是自己的中文程度啊……

正反省著，下一秒，口袋裡的手機震動了下。嚴昕拿出來查看，是顧海的訊息，他想都沒想就點開，結果被一堆猖狂的「哈」字給刷屏：「怎麼樣，你不是說早自習考國文嗎？文言文看得懂嗎？不懂就承認，我又不會笑你。哈哈哈哈——」

他收起手機，摸了摸頭髮，從位子上起身，去給自己裝水。一出教室，他被燦爛的陽光照得瞇起了眼睛。那堆「哈」字彷彿帶著3D效果又在他腦裡出現一次。

「……啊，煩躁。」

四

宋云婄拿著拖把，在走廊上來來回回地彎腰拖地。長髮被隨意地紮起，而心情似乎更是隨性，邊拖地還邊哼著小曲。其他人又都做完自己的事，回教室聊天去了，宋云婄見狀，看看自己的成果，決定今天只拖一次，所以也準備要收工。轉個身，就看到嚴昕站在牆邊，雙手插在口袋裡，望著遠方的天空，神情憂鬱。

她愣了愣，莫名有種不該打擾他的感覺，但卻也沒走，拿著拖把不知如何是好。宋云婄輕嘆，他站在洗手台邊憂鬱沉思，這是讓她過去還不過去呢……

她從猶豫中抽離，下定決心了要洗拖把，剛要邁步，就發現嚴昕正看著自己。她悄悄地把步子收回去。

嚴昕朝著她開口，「又要我幫忙洗拖把嗎？」

宋云媗趕緊搖頭，搖得很堅決，「沒有沒有，我要自己洗。」她趕緊走過去，把拖把就位，然後開水。看他還看著自己，怕尷尬，她又多嘴說了幾句，「我只是看你好像在想什麼事情，怕打擾到你。沒打擾到吧？」說完，好奇心又起，話就脫口而出，「你剛剛挺憂鬱的。這兩天還習慣嗎？」

聽見憂鬱這個詞，嚴昕摸了摸自己的臉，搖搖頭，伸手拿過她的拖把，又自顧自地幫她洗起拖把來，「沒打擾。我只是在背書。」

宋云媗看著自己又被搶走的拖把，眨了眨眼睛，認了，轉而認真跟他說話，「背書？」

「今天的默書。」

「背書也能這麼憂鬱？」

「因為背了卻默不出來。」嚴昕坦然承認，「太久沒念書了，腦袋有點鈍。文言文也不太行。」他將拖把的水擠出來，又開水沖了一次，再擠乾，感覺差不多了，便還給了她。宋云媗下意識地道了句謝謝，在嚴昕要離開的時候，回神過來喊住他，「嚴昕……同學，對吧？」

他側著身看她，「嗯。」

「……你、你覺得這身全黑的制服怎麼樣？」她話鋒一轉，這個突兀的問題落成言語，傳進耳裡，讓她自己小小嚇了一跳，使得句子結束的語氣有些奇怪。

嚴昕倒是不以為意，安靜地想了想，就答了一句，而他見宋云媗沒有要接話的樣子，也就打消了接續話語的念頭，逕自回了教室。

第八節下了課，普通科有許多人出校門去買晚餐，自動自發地留晚自習。雖然還只是高一，雖然還只是剛開學。很多時候，成績就是一切，插班考、專業考、輔系制度……，沒有什麼運氣可言，都是以數據論，也只有數據才能讓人心安，這就是CR高中的風氣。

什麼夢想的追尋，不都一樣是體制和成績的框架，以及社會期待嗎。宋云婄看著一些趴在桌上休息、等著晚自習繼續看書的同學，腦海裡忽然浮現這句話。他們明明也才經過了一次大考後，才進到這裡，而此刻，又開始無止境的埋頭苦幹，跟輪迴似的。

——圖什麼？

她被自己下意識生出的這句話嚇了一跳，自己搖搖頭，將收拾好的書包揹好，站起身。一旁的秋喻也正收好東西，望了她一眼，「要回家了？」

宋云婄點頭，「妳也是？」

「是呀，去捷運站嗎？」

「嗯。一起走吧。」

「好。」

她們倆放慢步伐走著，有一句、沒一句地聊天，正好說到尹赫允，宋云婄問，「他今天沒跟妳一起走呢。」秋喻點頭，「他去尋找自我了。」

「啊？尋找自我？」

秋喻勾起嘴角，再點點頭，「嗯，尋找自我。人有時候也需要獨處，想想事情、喘口氣、靜靜心，雖然有人在身邊，會熱鬧、會有安心感，也不會被人說是『孤僻』、『邊緣』之類的，但一直身在人堆之中，感覺好像什麼都很難看到，連自己都浮浮躁躁的，很多心裡的感受都會一起失去重量跟控制。」

宋云婄看著她，很專注地聽著她說話。

她見她並不對這樣的話題感到無聊，便繼續說下去，「於是，獨處還是需要的，抽離人群也是，甚至是孤立自己，雖然這樣說有點偏激，但確實是。有的時候，獨處了，才看見自己，發現自己原來是這樣想的、明白自己其實還有點悲傷等等，就像是給予了時間和空間，讓自己說出話來。所以，我們都會給彼此這樣的時間跟空間，稱為『尋找自我』。」

宋云婄眨了眨眼睛，低聲重複著秋喻剛剛的話，「像是給予了時間和空間，讓自己說出話來……」隨後，她輕笑了下，和她開口，「是呢，自己常常說不出話，明明每天都說話，卻還是說不出話來。哎呀，有點拗口，就是——」

「我明白的。」秋喻給了她一個理解的眼神。

她加深笑意，給她比了個心，「我明天帶小王子麵，我們一起吃。」

「那可不能給尹赫允看到。」

「反正中藥妳都是得喝的，就算不被他看到也還是會很難過啊。」

「……多帶點，我要在他面前吃。」

「行行行，我等著看。」

又一個三分球。

「這哥兒們很可以啊，自己投了快一個小時的球了，耐力行，準度也行。幾個三分球了已經？嘖嘖。」剛打完三對三鬥牛的男生們，正坐在一旁喝水、休息，順便看著場上那個獨自運球的身影。

「看不出哪個系的？」另一人接話。有人聞言特地瞧了瞧，聳聳肩，「看他扔在書包上的衣服像是制服襯衫，黑色的，黑色的話……普通科的吧。」

「普通科？」問話的人挑起眉，覺得稀奇，「還真沒什麼見過普通科的人。」其中有人玩笑道，「大哥，您常年在外，怎麼可能見過？」

「別把我講得好像混的。」

「普通科嘛，雖然都是每天關起門上課、考試、考試、上課，但也是有在跑選修的人啊，很多系裡都會參一、兩個，不稀奇。只是我們系特殊，不讓選修，也就看不到了。加上我們常不在學校，更是沒有機會唄。」總算有個正經說話的人給他們解釋了會兒，而被戲稱是「大哥」的人聽了，搖搖頭，「突然覺得黑色跟灰色是同病相憐。」

「為何？」

「普通科嘛，每天關起門上課、考試、考試、上課。我們呢？」大哥身邊的人挺有興致地接續，「每天關起門訓練、訓練、訓練、訓練——」他自己講一講發現不對勁，習慣性地帶了一個粗口單詞後，「我們還更無趣呢！」

「而且出去比賽之後，回來都半個學期過了，別人看到我們去上課還覺得更稀有呢。」

那六個人頓時安靜地往仍在投籃的身影望去，紛紛點頭——

「嗯，確實是哥兒們……」

如此看，全黑色的普通科和全灰色的競技系還真是有點同病相憐的感覺……

然而，這一頭的尹赫允完全不知道自己如何讓競技系的人產生了一番「同鄉情誼」，一個人也玩得很好。將近一個小時的運動讓他感到酣暢淋漓，他停下了手中的運球動作，將球拿在手上，用護腕隨意地擦了擦汗。

他身上的黑色T恤也已經半是濕透的狀態，只是現下已是傍晚，吹來的是微涼的風，倒也還舒適，不似中午悶熱難受。尹赫允緩好呼吸，正打算要收拾、回家，旁邊就有個人朝他喊道：「同學，球能不能借我？」

尹赫允朝聲音來源看去，人頓了下，爽快地點頭，把球扔給他，順道一問，「普通一A？」那人接了球後走近他，有些不確定地複述，「普通一A？」他微笑，「普通科一年A班的？」

「嗯。原來是同班同學？」他回了句，就把書包往地上扔，而本來就沒扣上的制服襯衫鬆垮垮地敞開著，露出裡頭的黑色T恤，一點也不阻礙要運動的身體，他隨隨便便就定位便投出了個三分球，空心，唰地一聲，讓人聽了很是痛快。尹赫允挑起眉，忽然就來了興致，「如果不介意，要不要打一場？一對一。」

他看向他，思索了下，點頭，「行，先進十五球的人贏，如何？」

「可以。」

尹赫允喝了一口水，隨即把水瓶放回地上，回到了場中。他不知，剛剛這人便是看見他一個人在打球，才燃起了想要打球的慾望。此刻會答應他的邀約，也是因為尹赫允的水平讓他感興趣。

兩人此路相遇，生出了棋逢對手之感。

他們面對面，皆擺出預備姿勢。那人運了幾下球，低聲道，「中文有句話說，相遇自是有緣。名字？」

尹赫允笑了笑，大方道，「普通一Ａ。尹赫允。是同班同學。」

他這時才回答了他那時的問句。

那人也勾起了嘴角，壓低身子，運著籃球，一下、兩下，隨後報出了自己的姓名——

「普通一Ａ。嚴昕。」

五

宋云婄提前兩站下車，並沒有馬上回家，而是到離家不遠的圖書館待著。倒也不是要念書，只是因為不想回家。剛放學時那股異樣的滯悶情緒還沒消散，心裡有些不舒服。

她上到三樓的閱覽室，找了個靠窗的位子放下書包，到書架間來回走了走，給自己抽了一本還算有興趣的書。她回來坐好。

她選的是簡媜寫的，書名是《私房書》。因為這幾天秋喻在看她的書，也和宋云婄推薦了一番，而宋云婄在書架上見這名字眼熟，便拿了這本書。這本書不是成篇的散文，而是幾句話便成一節，類似語錄，也像小記一般，她覺得這適合短時間讀。

她隨隨便便翻開一頁，開始讀起。果真每一則都非常短，卻是有味道的文字。宋云婄漸漸看地入迷。她翻過一頁又一頁，倏地，被某一節吸引目光，久久無法移開。

「每個人都有一條路子，通向無限深邃的淵谷，臨淵猶疑的人仍是有隔，敢縱身的人，一潭清流即是天空。難的不在這認知，而在於躍或不躍。」

她輕讀出聲，頓時那股滯悶的情緒又回到了自己這裡。

——難的不在這認知，而在於躍或不躍。

躍或不躍。她緩緩闔上書本。躍……或不躍。

宋云婄趴到桌上，側頭望著窗外，外頭正是黃昏時刻，餘暉橘紅占滿整個天空，像燒出了焰火，這焰火蔓延過來，奪去她的視線焦點，使她的雙眼也有著灼熱的錯覺。腦袋總轉著剛剛讀過的那段文字。

她想，若是躍，一則粉身碎骨，另一則萬象更新；若是不躍呢？大抵是往後頹然，抑或從此安身立命。皆是有好有壞。可能或好或壞。不知是好是壞。

但她又覺得自己想錯了。

躍或不躍，真的是在於躍或不躍嗎？這段文字，真的是給予決定嗎？難道不是在給予選擇嗎？

——敢縱身的人，一潭清流即是天空。

可縱身，確實就是躍嗎？會不會也有可能是不躍的勇氣呢……

宋云婄覺得自己鑽牛角尖、將自己繞進了個死胡同裡。她索性坐起身，拿出自己的借書證，去把這本書給借了。

在出了圖書館之後，宋云婄乾脆走路回家。雖說只有兩站，但步行起來，也是不短的距離。幸好，太陽下山後，風就帶了點涼意，這樣走著，倒也還有些散步的情趣。

一會兒後，她走到家前的馬路口，停了腳步等著行人綠燈。她的目光隨意落在眼前等著要右轉的公車上，冷不防地就看見了自己倒映在公車後門的玻璃上。看到了那一身黑色制服。

她才連結到，自己的那滯悶情緒是從何而來的。

從嚴昨說出那句話後，她便是這樣的狀態。

確切地說，是嚴昨回答了她的問題之後。

「……你、你覺得這身全黑的制服怎麼樣？」

怎麼樣？那時的他答——

綠燈了。等待右轉的車子發動，方向燈紛紛閃起，行人們也開始邁開腳步。唯獨宋云婄立在原地，看著自己的倒影消失在眼前。

路口回歸平靜，宋云婄回過神來，身旁、面前，都空無一物，只有自己。她等著下一次的號誌改變，對街小綠人頭上的秒數正倒數著，慢慢地，身邊的嘈雜和人群又再次聚了過來。這一次，她同人流一起過了馬路。

嚴昨的聲音又再度響起。

「挺好的，黑色讓人沒有雜念，也沒有渴望。」

——你覺得這身全黑的制服怎麼樣？

——挺好的，黑色讓人沒有雜念，也沒有渴望。

這一問一答，確實影響了她。

不論是當時或是此刻，只要想起來，宋云婄的心就跳若擂鼓，彷彿被人揭了心思，窺探了難堪。

沒有雜念，沒有渴望。

她甚至有些妄想，他是看出了什麼、還是……經歷了什麼？

「——所以決定，讓你們組一個小組讀書會。是聯繫感情，也是督促學習，更是彌補你們各自的弱科。」徐萋晃了晃手上的紙，「我們班挺有前途的，這次開學考，我們是普通科三個班中表現最好的，有理科人才、文科人才，還有一兩個全才型人物，當然，系排第一我就不求了，我求的是整體風氣。」

徐萋講話很快，大家在台下聽得一愣一愣的。

是的，開學才沒幾天，開學考的成績就出來了。

「別說我只讓你們讀書，來到普通科其實沒什麼用，完全就是為了考大學才讀普通科的，所以我們專注在這一塊吧。」她最後把手上的紙貼在黑板旁的公布欄上，「不是排名，是每個人的相對強弱科分析，根據這個來分組。不允許排擠、偏科、或是故意強者聚集。簡單一句話，一組就是要文理都有強者與弱者的分配。」說完，徐萋就下了台，站到角落讓他們自行分組。

不少人都拿了手機去拍了分析表，宋云婄也不例外，拍回來就跟秋喻和尹赫允一起看。仔細看了，這張分析表倒真的很齊全，沒寫出什麼分數，只是寫出偏重的方面，各分文、社、數、理，搭上強勢科目與弱勢科目各一，基本上就能挑出來了。

宋云婄研究了下，眼睛一亮，看向旁邊的兩人，「我們三個能一組呢。秋喻妳看，妳是文，強科是國文，弱科是數學；尹赫允是數，強科是數學，弱科是英文。而我是全，強科是英文，弱科是化學。這樣的話，為了小組好，我負責社會科，再找個專門偏理科的就可以了。」

秋喻還在消化，尹赫允已經理解地點點頭，「可以。理的話，找他？」

宋云嫣往尹赫允手指的名字看去，有點訝異，「噢他是理呢。你跟他熟？」

「昨天打過球。」

「這麼快！」她驚喜地笑，「果真男人的交流就是不一樣。」

「聽妳的語氣不太像是不熟悉這個人，妳也跟他熟？」宋云嫣握起小拳頭，半自信半心虛地笑，「我們是兩次拖把的交流。」

……拖把的交流？尹赫允沒忍住，笑出了聲，「那妳去問他吧，做一次沒有拖把的交流。」宋云嫣爽快地應了，從書包拿出小王子麵，要寶似地，「沒有拖把，但有小王子麵。」

宋云嫣朝後面出發，這一邊的秋喻看向尹赫允，沒什麼表情，尹赫允也看向她，挑起眉，「搞懂了？」

秋喻癟起嘴，搖頭，「什麼文理的，還是沒懂。」

尹赫允伸手揉了把她的頭髮，「沒懂沒關係，癟什麼嘴。難看。」

後頭。

「給你。」宋云嫣帶著笑，把小王子麵放到他桌上，「尹赫允說你昨天跟他打過球，我們分組想找你一起，你願意嗎？」

嚴昕抬頭看著她的笑，「可我國文很差。」

「沒事啊，大家都有不行的科。你理科強，可以補我們其他人不行的地方。」她眨了眨眼睛，自顧自點頭，「我們也可以一起背書啊，我背書很快的，背完還可以有時間幫你……一直背。」

他看她臉上的笑從自信變得有些不確定，他忽地就笑了，「好。」

「答應了？」

「嗯。」

宋云婄眉眼笑開，「行行行，我寫名單了啊。」說完，人就蹦跳著回座位上去。嚴昨左手轉著筆，右手去拿桌上的小王子麵，在掌心掂了掂，隨即放進抽屜裡。

他就這麼直覺地，接受了這個女孩的真。

就好像昨天恍神的人不是她，剛剛表情生動的人才是她。

可都是她。嚴昨知道。他只是……許久沒見過這麼坦率任意的人了。講話不繞彎、做事不扭捏，沒有太多顧慮、太多……表面工夫。昨天的尹赫允、今天的宋云婄，都是這樣坦率任意的人。

很難得。

嚴昨停下旋轉的筆，終於把那條訊息拿出來讀。其實他早就看見了，只是一直不願意點進去，不想讓那人知道他看到。現在，他還是點開了。

顧海：我回一趟韓國，處理一些事。盡早回。公司還有Ann的事……

沒有後話。

他原本也是這樣猜的，猜到後面沒有其他的話。他又開始轉起筆，單手敲下一個一個字，速度不慢，沒有猶豫。

顧海捱到登機前最後一刻收到他的訊息才鬆了口氣，然而看了他的回覆，胸口不禁又鬱悶起來，可他已經沒有時間了，他必須搭這班飛機走。

「……這小子，從來都不說假話。從來都不啊，這麼狠。」

九個字，靜靜躺在顧海的手機螢幕上，一副無所謂的姿態，卻是露了多少而藏了多少不明的、他不知道該不該猜又不知到底有沒有的情緒。

——不必回。早就沒關係了。

這一頭，大家都把分組名單交了以後，徐萋就讓大家換座位，小組坐附近，總共有八組。宋云媗這一組被分配到窗邊，兩個女生坐前面，兩個男生坐後面，宋云媗和嚴昕坐前後、靠窗，秋喻跟尹赫允在他們左邊。唯一跟嚴昕完全沒打過交道的秋喻在嚴昕把桌子搬來的時候主動跟他點了個頭，宋云媗看了，索性擔起了橋梁，好好讓四個人都提了一下各自的姓名，好正式認識認識。

尹赫允。

秋喻。

宋云媗。

嚴昕。

各自落坐。

講台上的徐萋打開了課本，宣告開始上課。

六

他們開始了馬不停蹄的學習生活，剛開學的閒適已消失無蹤。

星期一到星期五的早自習皆有各科的小考，國文的默書、英文的聽力練習、數學的進度卷……，各科的小老師搶時段搶得很兇，但是三大主科永遠有優先權，這也讓同學們最吃不消。主科重要，壓力隨之而來，有時還會連兩天都考數學，生理與心理皆難受。

宋云婍在小組中一直穩穩地，表現好、狀態也不錯，就算是連較為弱勢的理化，她也還在中上，且稍有問題，問問嚴昕，腦袋一轉就通，排名悄悄地就上去了，並沒有愧對徐萋給她「全」的評價。

而其餘三個人的起伏就大了不少。都是偏科型的人，把他們的弱勢科成績各自遮起來不看，那分數是驚為天人，秋喻的文、尹赫允和嚴昕的數理，都非常強勢，以致宋云婍這兩個月最常講的話便是：「果然能考進CR高中的，差也不會太差，一定有強的地方啊。」

但加上弱勢科來看，那驚為天人瞬間就落入地面成凡人了。

此刻，秋喻盯著尹赫允桌上的那張紙，已經三分鐘沒說話了，尹赫允看著她，又問了一遍，「還是不行？」

「……我不想懂了。不懂可以嗎？」她求饒。他從包裡拿出巧克力，撕開包裝，遞到她嘴邊，「再試一次？」

「尹赫允你這樣的行為是在投毒。」秋喻往後退一會兒，一副不接受哄騙的樣子，「我討厭你。」

突然就被討厭的尹赫允帶著無奈地伸手，輕捏住秋喻的下巴，把巧克力餵進去，隨後收了桌上的紙，「休息。晚上過來我房間，總要會的。不然暑假要重修。」

她含著巧克力，口齒不清地反駁，「明明還能補考。」

「大概是直接重修的程度，沒法補考。」一旁看著國文課本的嚴昕插了一句。

「……你的狀況跟我一樣的。」秋喻嘀咕。嚴昕愣了愣，把課本立起來，擋住自己的臉，順便比出了三個手指頭給秋喻看，秋喻看了，點點頭，「可以，再五分鐘也可以。這次只能錯三個字。」

宋云婧一邊吃著零食，一邊看著他們的互動，忍不住評點了句，「嚴小朋友這樣好可愛呀。」嚴昕微直起身，露出一雙眼睛看她，宋云婧趕緊賣乖地笑，「加油、加油，晉太原中，武陵人，捕魚為業。」

他縮回去，不理她。

宋云婧也是因為熟了才敢這樣做。一開始不知道，以為嚴昕是個嚴肅的人，又加上年齡，感覺就是成熟、不太跟他們這群小孩玩的人，但其實嚴昕非常隨和，很多事情任由他們，也不擺架子、裝老沉，該幼稚時幼稚、該欠揍時欠揍，有時候還比尹赫允更甚。就如同本就是十六歲的模樣。

「要不要吃一個？」她把零食包伸過去，好似在哄小孩。躲在課本後的嚴昕看也沒看一眼就精準地將手伸進包裝袋，拿出餅乾放進嘴裡，然後便一副心無旁鶩的模樣背著書。

宋云婧覺得不對，看了眼餅乾包，隨即癟起嘴，「你吃了三個啊……」

如此，他們度過了一個秋天、一個冬天，迎著春天的到來。

是四月。

徐姜的指節敲了敲黑板，要大家注意，「所以，這事你們就自己處理了啊。好好玩吧，同學們。班長，記得把名單給我一份就行。」

「好。」

「自習吧。」

宋云婼肩上披著外套，等到徐萋出了教室後，才嘀嘀咕咕地跟秋喻說話，「我以為班導是那種好勝心或榮譽心很強的人呢，但居然不要求運動會的成績啊？」

「運動會表現好的話……好像也沒什麼用？」秋喻眨了眨眼睛，打了個呵欠，「就跟整潔評比一樣啊，我們班外掃的被組長盯上，差點要被叫去愛校服務，班導知道後，馬上去找組長理論：『你當我們孩子來學校是隨便給你指使的清潔工啊？哪有落葉不掉地上的？又不是偷懶才有落葉。要加時間掃你就自己去掃。』」

宋云婼點頭，「倒是意外地偏心啊。突然好愛她。」

「小孩，自習課不要聊天聊得這麼正大光明，妳好歹也拿本書裝裝。」徐萋就靠在窗台，沒什麼表情地說。宋云婼微睜大眼，抿起嘴，努力保持最大的淡定程度，默默地轉回正面，發現自己桌上還放著沒翻開的化學講義，又欲蓋彌彰：「我最喜歡化學了，好喜歡啊。」

徐萋當然是聽到了，嘴角不禁抽了抽，默不作聲地回辦公室。真是……越相處越覺得神奇的孩子。她想。

而後方的嚴昕在睡覺，尹赫允在寫題目，卻有點心不在焉，一道選擇題大概可以耗個十分鐘。這時，他們班班長到他旁邊，在他桌上放了一張紙，尹赫允抬頭看他，帶著詢問的眼神。

「想問問你願不願意參加。」班長抬了抬下巴，示意了那張紙，並說明來意，「你運動挺好的，想不想試試一百公尺短跑或兩百公尺的？當然四百或八百接力也可以。組長說每班至少要有一兩個項目……」

尹赫允看著那張表單，沒什麼表示。

「當然是……不強迫啦……班導也說無所謂……」他的語氣聽起來就很勉強。在前方聽到對話的秋喻轉過來，瞥了眼單子，「噢，我們班有人報名啦？」

班長點點頭，「嗯，一個一百公尺短跑。所以希望還能再一個，就來問尹赫允了。」秋喻的視線從班長移到尹赫允這，而他正好也看著她。秋喻對他笑。尹赫允斂下眼，把表單往班長那推了推，「找嚴昕吧。他運動也好。」班長沒回話，可他一抬頭，就看見班長那臉寫著「我不敢搭話」五個大字。

「沒興趣喔。不要找我。我只說一次。」嚴昕的聲音懶懶地傳來，而他此刻正側趴在桌上，望著他們的方向，眼睛還帶了點剛睡醒的迷濛。

尹赫允微笑起來，「那你再問問別人吧。肯定有人可以的。」

「那好吧……」班長拍拍他的肩，微笑道，「我其實很看好你的啊。不過沒關係。反正找不到人我再來煩你啊。」然後便去問別人。當然，跳過了嚴昕。

尹赫允見秋喻還盯著自己，似是在恍神，便笑得更開，喚她，「秋小喻。」

「嗯？」她小小地顫了一下，回過神來，又認真地詢問：「嗯？」

「想給妳買奶茶喝了。」

「……可我現在比較想喝咖啡。」她的聲音忽地弱了下來。

尹赫允照常笑：「那就買咖啡。」

五月，越接近運動會，操場上練習的學生也多了起來。

此刻，普通一Ａ正在練習大隊接力的接棒，秋喻、宋云婗和沒有參加比賽的同學一起坐在一邊旁觀，當加油的觀眾，而秋喻的視線始終都定在尹赫允身上。

宋云婗用手肘撞了撞她，「望夫石也不如妳啊。」

「什麼望夫石……」她鄙視了一下她的用詞，還是沒轉頭看她。宋云嫿只好跟著她看，手支著下巴，因為沒看出個所以然便嘆了口氣，「就是打打鬧鬧的尹赫允跟嚴昕而已啊奇怪了……，小喻，我為什麼總覺得妳最近對尹赫允很小心翼翼的啊？」

「……當然是有要小心翼翼的理由啊。」

「……嗯？」

不是，這是在隨便敷衍她嗎？

「……最近吃太多梅餅了。」

「……嗯。」

是了，這是在隨便敷衍她了。

七

運動會當日，豔陽高照。而這樣好的天氣，也因為上午可以不用上課，許多學生的臉上都帶著開朗的表情，在觀眾席上抑或場地邊，都有著說笑談天的人群。

而秋喻跟著宋云嫿，從早自習時間開始便胡亂看比賽，哪裡有他們班的人就往哪兒湊，秋喻自己很是無奈，被迫發現觀賽原來也是種體力活。途中，尹赫允找到了她們，在秋喻向他投射出「拜託帶我走」的求救眼神後，他便笑著揉亂了她的頭髮，「這就對了，還是要出來人間走走，不要總閉關讀書。我要去檢錄啦，走了。」

尹赫允要檢錄了。也代表壓軸的大隊接力準備要開始了。

秋喻沒忍住，拉住了他的衣角，「尹赫允。」

他轉過頭看她，沒有疑問、沒有開口，只是笑，然後舉起了右手，比出了大姆指平倒著的姿勢，隨即向上一翻，變成了「讚」的手勢。

秋喻看著這樣的他，終於還是笑了，學著他，比了一個讚在右邊胸前。

普通一A是第三批次上場，一看見身穿黑色號碼衣的選手們起身，她們班的人便激動地歡呼助威。坐在座位最前排的宋云婄拿著手機拍呀拍，笑道，「不知道為什麼，看著我們班男生最後兩棒，很安心啊。」是嚴昕和尹赫允。

「還是不太能相信嚴昕居然會答應參加。」秋喻低聲說。

「『因為大隊接力這個東西很常聽見，很好奇，就想試一試。』他是這樣說的。難道他小學跟國中都不辦運動會的嗎？」她擺弄手機，又興奮道，「要開始了。」

鳴槍、起跑。整場的加油聲伴隨而來。

普通一A的女孩們很給力，雖然不是第一，卻也緊緊咬著第一名的跑者不放，但換到男孩們的時候，比賽就很好看了。普通一A開始落後。

「嗚，跟體育系的比賽太吃虧了。他們男生也跑太快了！」

秋喻笑了笑，「學校沒有放競技系出來就很好了。」

競技系，在校際運動會裡，那是多麼可怕的存在啊。

雖然普通一A在十棒以後開始落後，卻在第十五棒時形勢開始有所逆轉。倒也是體育股長的戰略幫助，讓跑得快的、耐力好的人全往後面排，最後一起追。風險大，可運氣好的話，贏面也很大。

於是，到嚴昕的時候，又是緊緊咬著第一名不放。

氣氛完全沸騰了起來。

最後，槍鳴又起，宣告了最後一棒出場。這一邊，尹赫允接了棒便開始衝刺，沒幾秒便趕上前頭，終於成為第一名，吵雜的操場上，歡聲雷動。秋喻也忍不住緊張起來，屏氣凝神地，偷偷將拳頭握起。她原本以為他能安然地跑到終點，但就在這麼想完的下一秒，秋喻看見了他臉上一閃而逝的痛苦表情，她猛然站起身，手緊握身前的欄杆。

「小喻，怎麼了？」宋云姞疑惑。

秋喻沒理會她，而是直直地看著場上的他，手因為緊握而指節泛白。又是那個表情。秋喻看清楚了尹赫允似是在隱忍的表情，她心裡一緊，也不顧身邊的人，傾身向前，大聲喊，「尹赫允，不要跑了。不要再跑了！」

他聽不見，大群的觀眾也聽不見，只有宋云姞聽見，她皺眉，也跟著起立看向尹赫允，「怎麼了？」

「腳。他的腳——」秋喻的眼眶已經紅了，還沒來得及說完，全場的歡呼聲驟然停止。

尹赫允停了下來，蹲在原地動也不動。他的頭低著，看不見他的表情。身後一個一個跑者越過他，秋喻聽到班上女生的聲音說著：「什麼啊？幹嘛不跑？都變成最後一名了。」她聽著覺得心裡一陣疼。

真的，就是差那麼一點距離。

終點在前，卻到不了。

裁判到了尹赫允身邊，詢問他的情況。秋喻見尹赫允只是搖搖頭，又說了一些話，裁判便招了手，吩咐了些什麼。嚴旿看著不對，便跑了過去。秋喻轉身，也是要下觀眾席，想辦法到另一頭去。去找他。

這一處，尹赫允靠著嚴旿的幫忙站了起來，他滿頭汗水，面色蒼白，手還緊抓著接力棒，「我想走過終點。」

嚴旿支撐著他，默了默，一聲不吭，向前挪了一步，尹赫允自覺地跟上。

尹赫允便這樣跛著、以極慢的速度朝終點前進。

大家都這麼看著他。很安靜，卻也有幾聲加油聲傳來。

時間走著。尹赫允也走著。

跑過來的秋喻微喘，站在終點處等著他。她的心跳隨著他的緩慢前進，一步一步、一秒一秒緩和過來。

她在他過了線之後，上前去，幫他擦汗。尹赫允低下頭，看著她，揚起了一個不像笑的笑容。秋喻也笑，「過終點了。」

「……嗯。」尹赫允接過裁判遞過來的枴杖，支撐好自己，向秋喻道，「我去保健室一趟，妳跟宋云婄——」

「我也要去。」她神情堅定，轉頭跟嚴旿說，「麻煩你跟云婄說一下。」

嚴旿點點頭，問尹赫允，「你這樣可以？」

「可以。」

「好。」

秋喻隨著他、以及陪在身邊的老師走往保健室，聽著老師的詢問，與尹赫允輕描淡寫、不欲多說的回答，她並不作聲。到了保健室外頭，秋喻看著他走進去的背影，不敢再多走一步，人停在了走廊上。

門沒有完全被掩上，她看不見他，卻能聽見他的聲音，很平穩地，「對，是舊傷——」他向護士阿姨說了許多，包含傷名、當初為什麼受傷、做了什麼處理跟治療、還有這次復發的原因等等。秋喻也都聽見了。她終於忍不住蹲下身，埋首，哭了起來。

「秋喻，我至少，想要越過終點線。就那麼一次。」

因為親耳聽他說過，所以她什麼都不敢勸，不敢表示自己的擔心。他已經放棄掉所有項目，只剩這麼一個大隊接力，而且還是班長求的，求他、上場。

他又怎麼會不想上場呢。

那是多麼重要的一件事，對尹赫允而言，那是多麼重要的一件事——

「秋喻。」

他的聲音從上頭傳來。她抬頭，毫不掩飾自己的眼淚，就那樣看著他。尹赫允拄著拐杖，臉上有淡笑，「現在沒辦法蹲，不能陪妳哭，怎麼辦？」

她扶著牆站起身，擦了擦眼淚，聲音微啞道，「接下來呢？」

「得去醫院。」

「還很痛嗎？」

「嗯。」他碰了碰她的臉，「要去做檢查。妳下午繼續上課。」

「我不想上課……」

「聽話。妳回家的時候，我就回家了。」

秋喻默了默，只能點頭。

「對不起。」

「嗯？為什麼道歉？不要道歉。」她揉了揉鼻子。

「因為讓妳哭了。」尹赫允微笑，「又被嚇到了吧？所以對不起。不會再有……下次了。」

後來，秋喻陪他到校門口，看著他上了救護車，被載離開學校。

跟當初的情景如出一轍。

只是那時的她驚慌失措，此刻的她疲倦無奈。

這件事，終將像魔咒一般，也終將會像魔咒一般，不斷不斷地，影響著他們。

是不是一輩子都走不出去了呢，尹赫允。她不禁在心裡問。

「又被嚇到了吧？所以對不起。不會再有……下次了。」

擔心的事終究還是發生了。

做了再多的心理準備，發生的當下，還是那麼地猝不及防。

秋喻仰起頭，將淚意忍住。

她最怕看見的，就是拄著拐杖的他。那樣的他，以及那段時間，都太難受。

那是多麼重要的一件事，對尹赫允而言，那明明是多麼重要的一件事——

卻被宣告，從此再無可能。

八

秋喻並沒有等到尹赫允回家。

她問了回來收拾換洗衣物的尹媽媽後才知道，尹赫允必須住院，要觀察幾天後才能回來。有點嚴重，還是待幾天比較好。這是她告訴秋喻的原話。

當晚，尹赫允就收到了秋喻的訊息，不禁失笑。

他媽媽見他如此，刻意打量他幾眼，轉頭繼續收拾他的東西，嘀咕了句，「難為你還笑得出來。」

秋喻那則訊息只有「大騙子」這三個字，卻讓尹赫允感覺到了滿滿的怨念，不過，原本該沉重的心情，卻因為她的語氣而有所緩解。這種幼稚的口吻平常在她身上不常見，偶爾發作起來，總會讓尹赫允覺得可愛。

他傳了張安撫的貼圖過去，她很快就已讀了。

秋喻：有點嚴重到底是什麼程度啊？不會是要抽瘀血了吧……

尹赫允：不要自己亂想之後嚇自己。

秋喻：你有前科啊少爺。

尹赫允：吃了止痛藥，現在在抬腳。沒什麼了。明天再觀察。

他如實地把狀況告訴她，畢竟除了不想讓她擔心，還怕她真的會亂想，只不過，他還是把下午抽瘀血的事瞞了下來。

秋喻：我明天可以過去嗎？

他臉上的笑容微收，想了想，敲下幾個字：妳要是哭，我就趕妳走。

秋喻：要是被我發現你瞞我什麼，我就哭給你看。

尹赫允又跟她來來往往了幾句，這才道晚安，結束對話。他將手機放在病床邊的櫃子上，看向自己正在忙碌的母親，「媽，妳回去吧。醫院裡都有人，妳回去睡也比較舒服。」

尹赫允：「……。」

他媽媽瞥了他一眼，「少爺，你才十六歲，不要用二十六歲的口吻跟我說話。我不要這麼老的兒子。」

她到他床邊坐下，看著他，這還是她今天在醫院第一次好好瞧他。

「赫允啊。」

「嗯。」

「辛苦你了。」

突如其來的一句話，讓他不知該如何應對，他只是看著他媽媽。她笑了笑，「怎麼，我是你媽，我也會心疼好不好？」她別開臉，嘆了口氣，也沒再說話。

「……媽。」尹赫允斂下眼，看著自己的手，再抬眼看看被吊起的腳，最後又看回他媽媽，「你兒子，已經不會再埋怨了。他也已經不會像一年半前一樣，那麼不懂事了。所以放心吧。」他微笑，「這是我的身體，我自己知道。」

夜深了，病房裡的人都睡了。唯獨尹赫允睜著眼，手枕在後腦下，望著窗外的月光。不知怎地，今天的月亮特別亮，天空一片乾淨。

忘了拉窗簾了，明天應該會被曬醒吧。他心想。

這個時間，秋喻應該還沒睡吧，真是越來越晚了，她。他又想著。秋喻。

他想起下午時，他抽空回了趟教室收拾東西，挑的是他們班上外堂課的時間，卻在東西都拿好了要走的時候，鬼使神差地去開蒸飯箱。那時他也不知為何，忍著痛蹲下，去開小門，果然看到自己和秋喻的便當都還在裡頭。已經不熱了。他伸手把秋喻的拿出來，打開一看，心裡泛起一陣疼。舊傷復發時、被眾人圍觀時、被醫生強行留院時，他都沒想哭，卻在看到她便當的那一刻，眼眶莫名地就紅了。他蓋上蓋子，放回去，關上門，打開蒸飯箱的開關，卻遲遲沒有起身。

那時的他忍不住嘀咕，傻瓜，今天帶的是喜歡的菜呢，都沒能好好吃……

／

運動會隔一天，徐萎了解了情況後，向班上說明尹赫允的狀況。徐萎言簡意賅，沒有說得太詳細，而秋喻在台下靜靜地聽，不禁還是有些難受。

這時，她包包裡的手機震了一下，她偷偷去摸，發現是簡訊。

尹赫允：今天中午拿便當的時候記得拿我的抹布去。

秋喻撇撇嘴，賭氣他不在似地：不要刷存在感，我不拿你抹布難道我徒手？

尹赫允：就怕妳燙著了。

秋喻默了默：討厭你。

在醫院的尹赫允看著自己的手機，又笑了，「撒什麼嬌……」

秋喻把手機放回包包，看見了宋云婄傳來的眼神，她偷偷問，「尹赫允啊？」

「妳怎麼知道？」

「妳那種表情只有尹赫允才有專利得到啊。」

「……什麼表情？」

「小孩子賭氣的表情。」

下午的打掃時間，她們難得翹了工作，讓班長代勞，對外說詞是去保健室，但其實她們去的是操場。翹打掃工作聊一聊是宋云婄提議的，而來操場則是秋喻的意思。

當她們一在司令台邊坐下，秋喻便開口，「從小學開始，想到操場，我就會想到尹赫允。」宋云婄微愣，隨即笑開，「妳知道我要問什麼啊？神算啊。」

「我今天是不是不太在狀況裡？」

「我是怕妳心情不好，所以才想問問的。之前還問妳對尹赫允小心翼翼什麼，就覺得自己太粗神經了。」

秋喻搖頭，「其實是我太小題大作，但被嚇過之後，有了陰影，就有點放不太下。妳今天也知道了，尹赫允曾經受過傷，外傷跟內傷，大概還有心裡傷吧。」她笑，「他其實也很怕中藥的，那時候他怎麼樣都不肯喝，可是不喝身體就不會好，所以我就陪他喝，他喝多少我就跟他喝多少，但是我太沒用了，怕苦，總是邊喝邊哭，到後來換成是他給我遞梅餅，換他哄我。我媽覺得我補補身體也好，就讓我繼續喝，所以他停藥了，我還得喝。」

宋云婼看著她說話，看見秋喻的眼眶已經紅了。

她繼續道，「雖然是苦到哭的，我真的一點苦都受不了，但其實眼淚裡頭還有點心疼和不甘心。那時候他窩在病床上，不笑也不哭，不大理睬人，對我還很兇。我知道他難過，因為自己什麼都沒有了。我那陣子心情也特別不好，動不動就要掉眼淚，當然是偷偷掉，要是被他看到，又要被兇了，想不到吧？那陣子，我忍不住就會想：為什麼偏偏是他遭遇這種事呢？為什麼是尹赫允呢？他那麼努力，為什麼？可是啊，大概就是命限吧。」說完，秋喻皺了皺鼻子，拍拍臉頰，無奈道，「其實我就是多愁善感而已，沒多大的事兒。所以不用擔心。」

宋云婼說不出什麼安慰的話，只能拍拍她的肩膀。

秋喻對她笑了笑。

秋喻到病房來的時候，尹赫允正坐在病床上等她，腳還吊著，手裡拿著一本書在看。她輕手輕腳地進去，卻還是在第一時間被尹赫允發現。他闔上書，放到一邊，「說好了，妳哭，我就趕妳走。」

「又兇我啊？」她坐到他床邊的椅子上，打開書包，把給他帶的作業都拿出來，放在床邊的小桌上。尹赫允笑，「要是現在不兇，我怕我等會兒哄不住。」

「你兇我我也哭啊。還有，你什麼時候這麼愛笑了？」

「昨天吧。」而且還是帶著興高采烈的語氣說的這句話。

「……我鬧脾氣也就算了，你能不能不要也這樣突變啊？我好不習慣。」

尹赫允伸出手捏她下巴，「妳也知道妳鬧脾氣了？」秋喻拍掉他的手，手卻反被他握住，「好了，不鬧了。今天中午有吃嗎？」

「有啊。」她一臉莫名。

「嗯。很好。」他鬆開她。

「我問你喔，」秋喻望著他的腳，把一整天都想著的問題問出口，「比賽那天，你是不是……沒有跟練習的時候一樣保留速度啊？」她不管怎麼想，練習時都沒有出狀況，怎麼就當天比賽出事？練習時明明跑得也很快，但比賽時好像又更快了些？可是怎麼……

「妳是說盡全力嗎？嗯，貪心了。」他低下頭，去翻那些作業。

貪心了。

秋喻的眼睛顫了一下。

「當下，忍不住想要再快一些。秋喻，那個時候，我覺得自己好像回到了以前，甚至比以前更好。現在的身體更有力氣、更有條件了，速度莫名地就提升了，只是……我的腳跟不上。知道不能再快了，但就想著，或許能再加速一點點呢？或許還可以呢？」他緩緩說著，臉上沒什麼情緒，「直到一瞬間疼痛襲來時，我終於知道，這就是極限了。如果用有保留的速度去跑，或許得不到第一，也會有第二、第三、第四，再不濟，至少會跑過終點。但是，」他停了會兒，又繼續說道，「一個跑者，在賽場上、在自己的心跳聲中，永遠、都只會想要再快一些，奔跑而迎面的風，才是屬於跑者真正的空氣——」尹赫允抬眼，無奈地笑了，「說了不能哭的啊。」

秋喻的臉頰上有兩道淚痕，神情卻無辜，「不是我，是眼淚自己掉的。」

他傾身向前，伸出手給她抹眼淚，也沒有如之前說的要趕她走，反而哄著，「秋喻，我現在沒事了。不太難過了，真的。我的身體給了我答案。從培訓隊退隊，到現在當一個普通學生，一年半的時間，我已經在開始往前走了。」

「所以，秋喻，不要怕。」

「所以，尹赫允，不要怕。」

一年半前，她說過的話，一年半後，他說給她聽。

被他哄著，秋喻的眼淚又掉了下來，她的嘴角卻揚起來，「我知道的，只是——」話語沒有接續。

她哽咽難語，仰起了頭，嘴角仍揚著，佯裝淡然地，抹去自己的眼淚。

她不敢看他，因為就連她自己也不知道，她究竟是哭多一些、還是笑多一些……

夜幕低垂，又是同一面窗，同一片天空。只是今晚，月亮並沒有出現。月光只從雲層邊緣微微透出，沒有一絲能夠露面的跡象。尹赫允想，原來今天是個無風的日子。

他的膝蓋正隱隱作痛，他算了算時間，剛好是止痛藥藥效退的時候。這個時期，本該注意疼痛，止痛藥也是需要品，但現在的他只想忍著，想讓身體自己撐過去。

要是連疼痛都忍不了，該怎麼前進？

下午的時候，他其實很想抱抱秋喻。不是為了安慰她，而是為了安慰自己。

不要怕。

不要怕……

他面無表情地望著窗外，眼眶泛起紅。

九

其實是不甘心。嗯，是有點不甘心的。

但也其實，什麼都還沒有開始。

萬一，我是做不到的呢？

然而，萬一，我是做得到的呢……？

已經是無解了的。

人可以無數次地想像自己回到當下的場景，無數次地回到那時，想著：如果、如果——

而時間卻不行。

唯一無法回去的，就是時間。

偏偏只有那是真的。

曾經迎面而來的風，曾經灑落在身上的熾熱陽光，曾經流淌過的汗水，曾經震耳欲聾的吆喝聲，都已消失不見。

只有已經失去了這些的時間，才是真的。

可是秋喻，我真的，曾經、身在其中——

十

這件事，終將像魔咒一般，也終將會像魔咒一般，不斷不斷地，影響著我們。

我們是不是一輩子都走不出去了呢？

你說，你已經在開始往前走了。

所以不要怕。

我知道的，只是啊——

想到曾經那麼意氣風發的你，我就忍不住滿滿地心疼……

第二話

若失去黑夜

一星期後，尹赫允回到學校上課。班上同學看見他，都難免有些尷尬的神色，班長更是帶著自責的表情來和他道歉，當下，尹赫允正拿著抹布擦桌子，被他那一句「對不起」給逗笑了，「你對不起我什麼？」

「不知道你身上有傷，還一直求你上場……」

他搖搖頭，把抹布對折，再擦一次，「不用道歉。」

「我特別跟老師了解了一下，回去查資料，才知道……那發作起來很痛的……」能讓一個人瞬間完全站不起來，還被要求住院一星期，他也覺得那不是小傷，而在看過資料後，才真正明白嚴重性。

「其實我本該拒絕到底，但我自己卻沒有這麼做。這樣說來，反而是我要道歉了。」班長聽他這麼說，不禁一愣，尹赫允微笑，「對不起，不該答應還答應，答應了卻也沒有做到最好，讓我們班輸了比賽。」

「不不不，」班長直搖頭，臉上的表情更加自責，「你已經是盡全力的了。」

「那我們倆都別道歉了吧？聽你道歉、我難過，聽我道歉、你難受。所以，到此為止？」尹赫允伸出右手的拳頭，眼神示意了下，班長才默默地以拳頭和他的相碰。等班長離開後，他發現秋喻站在自己的位子旁邊，正看著自己。他挑起眉，「怎麼，又要給妳買咖啡了？」秋喻緩緩伸出手，輕聲細語地，「我想幫你洗抹布……」

尹赫允沒應她，左手直接拐住她的脖子，帶著她轉了個身，他也不管秋喻的哀號，便半拐半擁著她，出教室洗抹布去。

沒多久，宋云婄就踩著早自習鐘聲進教室，第一件事不是放下書包，而是把懷裡的香蕉牛奶放在尹赫允桌上，「尹哥，來，我請你的。」尹赫允還沒搞清楚狀況，旁邊座位的嚴昨轉著筆，皺起眉，「香蕉牛奶是我的。」語氣頗有不滿的意味。

「別急嘛，」她又從懷裡變出一罐一模一樣的小黃瓶，在手裡搖了搖，調皮地對著他笑，「將將，你看，不是在這裡嗎。」她連同吸管一起給他，又給了秋喻一罐巧克力牛奶，然後給自己買的是草莓牛奶。秋喻忍不住讚嘆，「抱著四瓶牛奶從合作社走到教室，這得得到多少注目禮呀？」

「不多不多，就是走路有風。」她耍了個寶，嘿嘿地笑。然後趁著剛早自習，大家還沒收好心，她偷偷彎著身子，揮了揮小手，要其他三人聚集。於是畫面就變成了坐在座位上的四個人一同彎著腰，偷偷摸摸地碰頭，手上各拿了罐牛奶，插著吸管，像是什麼奇怪組織的聚會。宋云婄小聲地開口，「尹哥還不知道這是幹嘛，我解釋一下——」

「等等，我怎麼就變成尹哥了？」他挑起眉。秋喻笑，「因為你舊傷復發、堅持走過終點的時候太帥，她覺得你特有風範。」

「那妳怎麼不叫？」

「我、是、姊、姊。」她微笑，笑中的意味不明。

宋云婄看著這小倆口，嘆了口氣，「哥哥姊姊，你們要不要這麼可愛，嚴昨這個真正的哥都沒說話了。」被點名的嚴昨先吸了一口牛奶，然後點了點頭，「小朋友，哥在這。然後我要喝完了。」

「不行啊，我們要乾杯的。」宋云婄急了，佯裝沒看到風紀的警告眼神，左顧右盼，確定了班導還沒來，就趕緊道，「反正呢，先敬我們尹哥安然出院，再敬我們嚴昨上星期默書第一次全對，最後敬我們秋小喻作文得優勝啦。」

四人碰完瓶，交換了個眼神，便很有默契地直起身，面著前方坐好，若無其事地，好似他們剛剛一直在看書。

徐萎默默站在走廊上，早就將他們的行為從頭到尾看了遍，而宋云婼那些「碰瓶前言」，也被她聽得一清二楚。然而，她只是笑了笑，安靜地從教室外走了過去。

到此為止了。

尹赫允的一如往常，周圍人的不再提及，讓這件事在普通一A裡算是過去了。

／

五月的夜晚，也算是夏夜。至少已經開始熱起來。

嚴昨放了學，一回到家，就是先脫上衣，反正打算洗澡，早脫晚脫都是脫。只是，他正把黑色制服襯衫挽在手上，要走往浴室，身後響起了一連串密碼解鎖的聲音，隨即是開門聲和哼歌聲。嚴昨側頭一看，眨了下眼睛，非常淡然。

反倒是開門的人被眼前的景象嚇了一跳，歌都哼得走調了。

「走音了。」嚴昨轉回頭，走去浴室把襯衫扔籃子裡，又走了出來，完全不在意自己正裸著上身。顧海保持著驚魂未定的表情，緩慢地走進客廳，「你這亂脫衣服的習慣改改好不好？」

「我在我自己家脫衣服有錯？」

「洗完澡不穿上衣、回家就脫上衣、之前練習的時候一熱也脫上衣，這就叫亂脫衣服啊。」但好在他也是男人，嘴上唸歸唸，接受度還是有的，「再說了，你都已經是學生了，還維持這身材幹嘛？穿西裝褲然後裸上半身，聽說這也叫制服誘惑？嘖嘖，真想讓你拍廣告。」

嚴昕倒了一杯水給他，完全不會理他後半段的胡言亂語，只言簡意賅地回答他前面的問句：「自我管理。」

……說得好像他就不管理似地。

顧海喝了口水潤喉，便起身把買來的一堆微波食品放進冰箱裡，又開始嘮叨，「你看，台灣的外賣沒那麼方便吧？讓你學做菜就不學，成天吃這種東西。」嚴昕站在他的身後看了看，把他剛放進去的幾盒東西又拿出來，「有胡蘿蔔，不吃；有青椒，不要；這什麼？」

「玉米筍。台灣牛排店會放旁邊的那個黃黃的啊。」

「喔。那也不要。」

「……你到底是吃什麼長到一八六的！」

「就是吃這種東西長的。我去洗澡了。」

顧海在心裡嘀咕：怎麼有點懷念他這樣的說話方式……我是不是有病……

嚴昕洗完澡，老老實實地穿好衣服，連頭髮也吹乾，人才出來客廳。而在客廳的顧海早就泡好了泡麵等他，時間還算得剛剛好，他出來了就可以吃。一人一碗，也不打架。嚴昕不禁在心裡吐槽，不學做菜的人到底是誰。

他在他對面坐下，顧海向他遞了筷子，「冰箱裡只有一顆蛋，打給你了。真稀奇啊，你冰箱裡居然有雞蛋呢，重點是還沒壞。」

「我前幾個月學了煎蛋捲。」嚴昕吃了一口麵，「電視上看到，覺得還可以，就試了。」

「就成功了？」顧海嘴裡含著麵問。

「當然。不然我這幾個月買蛋幹嘛？」

顧海把麵吞下去，眼睛放光，「我覺得我家孩子長大了。」

「沒有女朋友的人哪來的孩子？」他邊吃麵邊滑手機，邊認真說話。顧海瞬間愣了，頭上彷彿有烏鴉飛過，「我說的是你。煎蛋捲可難了，可你居然會了！我以前都覺得你有生活障礙，當然除了買酒這件事你會，其他根本不能指望你，但你現在會下廚了，這不是長大是什麼？」

「生活障礙？」他抬眼看他，「我只是沒想過要學。」

「本來也不需要你學……」顧海的心情一瞬間低落下來。

嚴昕多看了他幾眼，又低頭吃麵，三兩口就解決了這頓晚餐。他拿著自己的紙碗進廚房，沒多久又出來，「吃好了就回去吧。」

顧海喝完最後一口湯，倒是沒有了剛剛的情緒，「你今晚打算做什麼？打遊戲嗎？」

「寫作業。」

……都忘了他現在是學生了。

二

嚴昕在房裡做作業的時候，顧海就在客廳看電視，慶幸的是，嚴昕的電視有韓國節目可以看。台灣節目他還是看不習慣。雖然是看電視，他卻也看得不專心。很快地，他便起身，煮了一壺咖啡，端進嚴昕房裡，誰知道自己一直怕吵到的人居然在講電話。

而且說話方式還很不嚴昕。怎麼說，就是聽起來很乖。

「——還沒背。打算睡前再背，這樣比較好睡。嗯，物理寫完了。可以，明天教妳。」

顧海用腳踢了踢本就沒關上的門，嚴昕側頭看他一眼，當作理會。他安靜地把咖啡放到他桌邊，看桌上攤開著的物理講義，倒是還真如他所說的，寫好了，對的題還不少。

這時候，嚴昕又側頭和他說話，「謝了。出去的時候順便幫我帶上門。」顧海用「等等再跟你八卦這不單純的電話氛圍」的眼神答應下來，默默地退場。

宋云婄在電話另一頭問道：「你家的人啊？」

「嗯，哥哥。」顧海確實比他年紀大，對外宣稱哥哥比較省事。

「其實啊，我特別好奇，」她嘟噥的聲音傳來，「現在不是要選組了嗎？對內系招也開始了，你有沒有……想去的系啊？轉來我們學校，也是有……目標的吧？」她差點就要說成有目的了。

對內系招是他們普通科學生流動的最大機會，透過在校成績與個人簡歷，去甄試心儀的科系，通過了，新學期就是那個科系的學生，就不用再穿這身黑色制服。

對內系招每年都會辦，辦在下學期，也就是現在。

恰好碰上他們高一期末要選組。

目標跟目的，已經沒什麼差別了。

「還不清楚。妳呢？」嚴昕的目光不禁移向講義下的紙張，他分心地想，不知道顧海剛剛看見了沒有……

「你記不記得，我問過你，你覺得這身全黑的制服怎麼樣？我那時候不是要問這個的，只是腦子轉錯，脫口而出而已。但你卻給了我一個很……深奧的回答。」

「黑色讓人沒有雜念，也沒有渴望。」他開口，將答案再說了一遍。

「……嗯。我原本想問的是，為什麼要到這裡來？沒有什麼特別的意思，只是當時看你背書背那麼辛苦，就想問問，重回學生生活，回來碰這些其實沒什麼實際用處又不上手的東西，是為什麼呢？」宋云婳同樣坐在自己的書桌前，轉著筆，「嚴昕，我想知道，你做這個有關未來的決定，是想著什麼而決定的。」話語落下，她的語氣又像是回到了日常的輕鬆，「畢竟你長了我五歲，求前輩指點。」

他的嘴角微揚，神情卻有些暗。

為什麼要回來？

宋云婳不知道，嚴昕他其實不算是回來。

而他的決定，也與未來無關。

嚴昕看著講義下的那張紙，心裡慢慢去讀沒被講義擋住、露出來的那幾個字：音樂系推薦入——

他眨了下眼睛，這才低聲開口：「只是順著當下自己的心。想做什麼就做了。」

宋云婠得到了回答，愣了愣，笑了，「真好啊，這麼隨心所欲……」嚴昕轉移視線，換了拿手機的手，倒了杯咖啡，又問了一次，「那妳呢？」

「我是有目的的啊。」她拿好手中的筆，又開始寫題目，「就是……試一試吧。但已經有種看到結果的感覺，所以又在想，乾脆不要試好了。」他聞著咖啡香，心神漸漸安定下來，聲音緩道，「妳看不到的。」

「嗯？」

「那是未來的事，妳怎麼看到？妳會通靈？」

「預感啊。人都有預感不是嗎，再不濟，心裡也會有底啊。」

「云婠，」他的聲音分明一樣，可宋云婠卻覺得又比平常低了幾分，而且，他是第一次叫她名字、不帶姓的。他又道，「那都是妳自己想的。」

宋云婠聽著他的話，填錯了答案，只好劃掉，在旁邊寫上對的，還沒來得及回話，嚴昕又說，「而且妳心裡真正所想的會一直被妳壓下去，妳所看見的，都是妳怕的或是妳不願的。」

「怕的怎麼就是不願意的了？搞不好那才是我要的呢？」

「那妳就不會猶豫。」

被堵上了。她怎麼樣都想不到該如何回話，只能嘆口氣，「你這麼……成熟，我好不習慣。」他微笑，「平常不需要成熟。」

「多活五年真的有差對吧？」

「看經歷。」嚴昕想到了什麼，補充道，「跟個性。我有時候看妳跟秋喻都覺得妳們不是同一個年齡的。」宋云婠誒了聲，「小喻那是看太多書，性子變安靜了，但她有時候也像小孩子。」

「妳更像。」他又抿了口咖啡，「但沒有不好。」

宋云婠又嘆了一口氣，「聽完你剛剛說的話，動搖了，怎麼辦？」

「本來就是要動搖妳才說的。」嚴昕從書包裡拿出了國文課本，看看今天要背的範圍，「妳也已經十六歲了，可以為自己做點什麼了。而且，那也不一定就是一輩子的事。」

「……你為什麼突然這麼深沉啊？說的話。」今天的對話讓她原本對嚴昕的印象又改了。之前是會幼稚、會笑鬧，但也是會時不時照顧人的哥哥，暖暖的，讓人想親近。而現在，卻讓她覺得，他是大人，而自己還是孩子，不知方向，而他早已走得很遠，這樣的感覺讓她不自覺對他生出幾分距離感。

嚴昕沒有回應她，而是把國文課本闔上，笑道，「小組長，我要去打牌了。估計我回來背書的時候妳已經睡了，先說晚安。」

宋云婠下意識地回了晚安，等到掛了電話，她才弄明白他用平常那種戲謔口吻說了什麼。要打牌？這麼寬心？剛剛說話深沉的人呢？難道是精分嗎……？

這一邊，嚴昕真的從書桌抽屜拿出了韓國花牌，走出房間，把牌扔在客廳桌上，轉身去廚房拿兩罐啤酒，在顧海對面的地板上坐下。

顧海困惑，「作業寫完了？這麼快，不念點書？」

嚴昕抬眼瞥他一眼，開始整牌，慢悠悠地開口，「寫完了、晚點念。你玩不玩？」還在沙發上躺著的人瞬間坐起身，帶著躍躍欲試的笑，「一局兩百。台幣。」

「行，到時不要哭。」

「我把番茄放妳桌上了，晚點吃完。」秋喻坐在床上折衣服，應了聲好，卻沒見她媽媽出去，而是在她桌前看來看去的，她輕皺眉，「媽，妳幹嘛？」她媽媽回頭問，「妳們學校那個……對內系招是怎麼回事？」她默了下，「就之前考入學考的時候你們看過簡章的啊，可以轉系的。」

「現在就開始了？」

「嗯。」

「妳桌上那張單子……就是申請表？」

「……嗯。想說先拿著。」

她媽媽完全轉過身來，正面對她，「小喻，妳怎麼都不跟我們討論一下？」

「我只是先拿著。」她的聲音微微變弱。

「先拿著？可是妳科系都填上去了。不會是要等結果出來了才告訴我們吧？」秋喻沒有說話，只是折衣服。她媽媽看她這樣，也知道了個大概，嘆了口氣，「這張申請表媽媽可以拿走嗎？」秋喻抿起唇，又抬頭說，「我想試一試。」

「不是媽媽不讓妳試，但妳們學校有這麼多不錯的科系，妳怎麼就選了個……不怎麼樣的？我跟妳爸說說，我們三個人到時候談一談。我先把單子拿走了。」秋喻沒說什麼，其實是來不及說，她媽媽就拿了單子離開她房間。

她默不作聲把衣服折完，側頭瞥了眼她的書櫃，又看回衣服上。就這麼和自己對峙了一會兒後，她起身將衣服都收進衣櫃，然後坐到桌前，把課本講義都推到一邊，從抽屜拿出筆電，開機、選歌、開文檔，雙手一落，她便開始打字。

一個小時後，她看著滿滿都是文字的頁面，不知道自己是滿足還是難受。她滑鼠動了動，敲了幾下鍵盤，登上了她正在連載的網站，然後貼了一章她先前寫好的內容上去，註明了是加更。她心裡還不好受著，在網路上到處逛，等她再回到自己連載的主頁面時，看見了一則新的留言，秋喻讀著他分享的心得，慢慢地揚起嘴角，卻看著看著，又忍不住鼻酸。

她閉了閉眼，拿了旁邊的講義到眼前，這才要開始寫作業。

她又想起了那張申請表。

「不會是要等結果出來了才告訴我們吧？」

也好。

反正先斬後奏也不會比較好。

該面對的，逃不掉。

三

「那是未來的事，妳怎麼看到？妳會通靈？」

「云婂，那都是妳自己想的。」

「而且妳心裡真正所想的會一直被妳壓下去，妳所看見的，都是妳怕的或是妳不願的。」

「怕的怎麼就是不願意的了？搞不好那才是我想要的呢？」

「那妳就不會猶豫。」

宋云婠翻了個身，又再一次地嘆了一口氣，「睡不著啊……」

從掛了電話到複習功課，再到上床睡覺，她總想起嚴昕跟她說的話，那時被他堵住的話也想到該怎麼回了：誰說想要的就不會猶豫呢？想要也會怕，這也是一種狀況啊。但是她又會自己繞回來：怕什麼？怕做不到、怕被打擊、怕往不好的方向走……

說到底，是自己把怕跟不願意放在了一塊兒，然後一直去往那方向想罷了。

然而，知道一回事，實踐又是另一回事啊——

「睡覺啊，趕快睡著啊……拜託……」她又翻回去，緊緊閉上眼睛。心裡默默覺得，這一晚的自己太過哲學，再想下去的話，她是不是就要成佛了啊。

／

入夏之後，天亮得很早。秋喻這幾天因為尹赫允沒有晨跑，所以都沒有被「強迫起床」，但她卻還是守著以前的時間，自己起來洗漱、帶著自家媽媽買好的早餐，到對面去按門鈴。

今天的門是尹媽媽開的，而尹赫允正坐在沙發上，在看書。

「小喻早安。」她笑著和她打招呼，下一秒卻忽地變臉，湊近她，和她說起悄悄話，「妳今天幫我盯著赫允吃止痛藥，不可以縱容他。」

尹赫允正收拾書包，看著自己媽媽的背影，「媽，妳跟秋喻說什麼呢？」

她沒理他，反倒加快了語速，「他這幾天都不吃藥，傷痛起來，臉難看得要死，昨晚也是沒什麼睡。雖然藥吃多了不好，但還是得吃啊。妳幫阿姨看著他。」說完，隨即直起身，尹赫允正好走過來，臉上表情正表示：我知道您說了些什麼。

「幹什麼，我跟秋喻講點女孩子的事，你管這麼多啊？」

他也沒有多說什麼，手撐著門、低頭穿鞋，順便提醒道，「妳要拿包子的時候要小心蒸氣，不要一臉湊上去，想說可以蒸臉什麼的，那溫度很高；然後把包子拿出來之後，記得要拔電鍋插頭。」

「唉，兒子，你媽好歹也活了四十多年，也活得好好的。」

尹赫允穿好鞋，露出跟他媽一模一樣的無奈表情，「有時候，我真好奇您是怎麼能安然無恙地活到現在，還把我養大到這樣的。」

「有你爸啊。」

「我們去上課了。秋小喻，跟尹阿姨說再見。」

「……阿姨再見。」

他們已經換季，運動服的下半身也換成了短褲，所以可以明顯看見尹赫允雙腳膝蓋上的護膝。秋喻和他慢慢走著，「護膝……要戴到什麼時候啊？」

「還要一陣子。說不準。」他的手掌從剛剛就一直搭在秋喻的脖子後面，讓她有種他像是在拎著她，又像是在護著她的感覺。如果是在冬天，這樣暖暖的就很應時，而現在，天氣熱了起來，搭在她脖子上的手似乎有些燙，不過倒也不會讓她很不舒服。秋喻下意識晃了晃頭，尹赫允似是有感應，手撥去她剛剛被他壓住的頭髮，然後再覆上去。

「尹赫允，你把我當拐杖啊？」

「嗯。」他忽然笑，有點無奈，「我怕妳一不小心走太快唄。」

妳如果走太快，我會跟不上的。

一瞬地鼻酸，秋喻佯裝若無其事，打趣道，「那你就學小朋友拉著大人的衣角啊。我的衣角可以借你。」

「妳太矮了。我覺得妳脖子的高度就很剛好。」

……這精神、這反應，叫昨晚沒什麼睡？秋喻不服。

尹赫允逗完她，滿足了，才正經問了句：「對內系招申請的事，還好吧？」她聽了，神色瞬間暗了下去，扯了個勉強的笑容，語氣也特意輕快，「申請表被我媽拿走啦，說要跟我爸『討論』一下。不過，被提早發現也罷，先斬後奏……下場應該也不是很好。你呢？」

「我應該等高二或高三再說。先好好念點書，拉點在校成績。勢在、必得。」他這話說得平靜，可這決定卻帶著他很大的決心，和熟慮。秋喻的目光被這樣的尹赫允吸引，內心忽地就靜下來。

「怎麼？」他們進了捷運站的簷下，秋喻還沒去掏她的悠遊卡，而是一直看著他。他同她停在原地。一班車進了站，又離開。人潮一時洶湧，而後漸漸散去。

「尹赫允，」她緩緩開口，「即使會難過，你也要朝喜歡的東西靠近，是嗎？轉體育系，當教練，每天看著選手練習、比賽，就不怕、會一直被提醒著自己的遺憾嗎？」

他沉默著，斂下眼，伸手去探她的包包，幫她把卡片拿出來，放進她手裡。一切動作都很慢，是他在思考。

「怕吧。」他說，「可是，我想不到除了運動，自己還想做些什麼。一不小心，就讓它變成我的唯一了，至少現在是這樣。」他輕輕地微笑起來，「也不怕妳笑我，有時候看到別人得獎，我會覺得很難過；看到以前的朋友得到了多少成績、保送進哪間學校，我會忍不住討厭他們，也討厭自己。有時候，會覺得一切生活都沒有意義，什麼都放棄、混混地過就好。

「可是，當我和這個城市一同早起的時候、晨跑的時候、迎著陽光的時候、看著學校操場上那些校隊嚴守紀律地做著體能訓練的時候，我又會覺得，好像有什麼力量遞了過來，不是屬於我自己的，卻是在我體內發熱著的。『很難過、卻還是想走下去。』被這樣的心情一次一次觸動著。

「面對這樣的唯一，我怕，卻也放棄不了。」

知道那樣的一瞬間的清明與迷惘同時敲向自己的感覺嗎？看著他面容平穩、神色安定，忽然地，自己紛亂的內心就這麼安靜下來，像是看見了自己所站著、停留著的地方，然後便渴望地卻安靜地、冷靜地，想要找到自己的方向。呼之欲出的時候，卻又被迷霧所籠罩起，邁不出步伐。

他的話語，讓她有所共鳴，也讓她覺得有些難堪。

說到底，父母的壓力不是唯一，自己缺了的勇氣，才是真正的阻礙。

她緩緩點頭，表示自己都聽進去了。尹赫允嘆了口氣，輕點幾下她的腦袋，「又把自己繞進去了？」

「快打結了。」秋喻無奈地笑。

他沒有多說話，只是摸摸她的頭髮，帶著她刷卡進站。

她跟著他，風拂著臉，腦中的聲音只剩下了一個：

秋喻，妳怕什麼呢？

／

時序進入六月，溫度已經完完全全地高了起來。

然而，即使天熱，宋云婄還是堅持不把一頭長髮綁起來，總把頭髮披散在背後，往脖子上搧風。嚴昕每次都戲稱她是「海帶公主」。宋云婄抱持著好奇心問他：「為什麼是海帶？明明就有長髮公主這號人物存在啊。為什麼不用？」

「從正面可以說是長髮，但身為長期坐在妳後面的同學，我只覺得這樣一片像海帶。當然，公主這一個詞就是借了長髮公主的名諱。」

「……你國文變好了？名諱這個詞都會用了。」

「秋喻丟了兩本國文講義的名字讓我去買來看，最近很有收穫。」一旁被提及的人，側了個身對他比了一個讚，「很好。身為組裡的國文小助教，小女子甚感欣慰。」隨即又轉回去念書。念的是數學。

宋云婄忍不住嘆，「小喻開始念數學，表示段考要到了啊……」

「少壯不努力，老大徒傷悲。我不要補考……」她頭也不抬地回應。

尹赫允從外面進來，手上拿著一個馬克杯，冒著熱氣，另一手拿著一張單子。他把杯子放在秋喻桌上，附帶句，「放涼點再喝。」他給她沖了杯咖啡，安慰她主動與數學拚搏的心靈。她還是頭也不抬，「你吃藥時間到囉。」他回了句「知道」，轉頭把紙張給宋云培，「班導給我的。說讓我們四個人考慮。她等等班會課也會提。」

「什麼？」她接過，從頭到尾看了遍，沉默了下來。嚴昕手撐著頭，用這樣的角度也把那張單子上寫的內容都看清楚了。他看向尹赫允，「你呢？」

「我不會去。」他在位置上坐下來，從抽屜拿英文題出來寫。

秋喻也聞聲看了過去，見宋云培在發愣，嚴昕也專注地看著那張紙，便問，「怎麼了？那是什麼？」宋云培抬眼看她，「小喻，普通科的綜合班，妳會……想進嗎？」

四

如果說，對於普通科的學生而言，對內系招是一條路、文理分組是一條路，那麼，綜合班亦是一條路。

綜合班這個名字看似普普通通，但其實很看成績，相當於是資優班的存在。不分文理，不像社會組的理化生會砍上課時數且數學會相對簡單、自然組不重歷地公，綜合班有兩組的特質，社會科學的會和文科班一樣深、數理科學的會和理科班一樣難，要求文科和理科皆強勢。課業會重上好幾倍、壓力亦然，得要拚，非常拚。

而這樣的班，為何有人要去？

「——所以說，優點不是沒有。雖然沒有明文寫出來，但根據我這些年的帶班經驗，這間學校，其實很喜歡綜合班的人。」徐萋站在講台上，「如果你將來要走對內系招，你在綜合班的表現還不錯，甚至只有中等，在在校成績的評估上，會比普通文理組加分很多，這是必然的。又如果，你之後要參加學測或是指考，去考別的大學，綜合班給你的訓練，一定會是優勢。學得好，便是可文可理。但是，也容易全盤皆輸。」

她環視一圈她的學生，「我給了三組有發展潛力的學生單子，當然其他人有興趣也可以來找我。給你們單子不是推薦你們去，是給你們機會，看你們覺得自己適不適合、想不想要，不要逞強、但也不要低估自己。我也把你們的成績整理好給你們了，剩下的我就不多說，自習吧。」

底下開始有著細細小小的討論聲，徐萋也沒制止。

秋喻看著自己的成績單，把所有想法都在腦子裡過一遍，想起那張有去無回的申請表與她媽媽留下的「妳才高一別決定太早，要是下次再偷偷來，爸爸媽媽可是真的會不高興的」這幾句話。她默默地嘆口氣，往後轉，看著尹赫允寫物理題目，在他結束了五題計算題之後，她才出聲，「你選理嗎？」

「嗯。」他抬頭，手往包包伸，拿出了兩顆巧克力給她，「妳選文嗎？」她接過，分一顆給宋云婄，「嗯。想完了，綜合班太變態，我怕我是全盤皆輸的那個。」

「我覺得，守著妳的國文跟英文，在文組很吃香的。」宋云婄答腔，拿過她的成績單講給她聽，「妳看，妳的國文總平均在我們普通科裡是前百分之一，英文是前百分之三，其他科目力求向上，我們就不要去湊什麼綜合班了，反正到時候真要走大考的話，也是要文理選一的啊。妳以後報科系也是文的吧？」

「……不知道。至少、不能走理。」她斂下眼。宋云婄頓了下，覺得自己似乎是說了不該說的話？「沒關係，除了文還有商，兩者之間只差數學而已。想好了再補也行。」

「嗯。同意。」尹赫允也表了態。

她去看他的眼睛，似是讀出了他的想法。

秋喻，要守住自己想要的底線，不能再退了。她也告訴自己。不報對內系招也沒關係，但選文組是她最後的底線。

宋云婼見秋喻點頭，不安的樣子褪去了些、眼神堅定了點，這才放心下來。

五天後，文理分組的申請遞交出去。秋喻、宋云婼選文，尹赫允選理，嚴昕沒有懸念地也是選理。除了他們這一組全員放棄綜合班的申請之外，其他二組除了一兩個人選擇放棄，其他的皆有志進入綜合班，還有一些零星的人也有報名。

高一生活也將接近尾聲。

這一天，他們上午考完期末考，下午則是大掃除時間。

徐菶開放讓他們「刷地」，其實也就是讓他們能夠玩水，享受一下考完之後的放鬆。只有一個要求，在之後集合放學時，普通一A全員必須乾乾爽爽地出現，除了頭髮不限制。但凡有誰濕著衣服去集合，到時全班留下來拿水球砸他。

雖然有人嘴上表示很想玩水球，但還是很乖地帶整套衣服來換。於是，大掃除時間就看到普通一A的人穿著各式各樣的私服，水桶潑水、水槍攻擊、水管噴水等等，玩得跟瘋子沒什麼兩樣。一B的人在旁邊很怕受到波及，趕緊躲回教室，紛紛討論、八卦著隔壁的「重災區」。

集合時，真的是沒有一個人濕著衣服，都是穿著黑色制服整整齊齊、乾乾爽爽地出現，若不是那一個個濕著頭髮、披著毛巾的人頭和肩膀，還真不會有人看出他們剛剛玩了水。衛生組長看著他們，覺得有些好笑，在等各班排好隊的同時，拿著麥克風問了最前頭的人，「你們哪班的？」

「普通一A。」

「你們班怎麼回事？」這語氣聽著像是在閒聊，而不是在訓誡，前面的人便也輕鬆地答，「刷地了。」

「不錯不錯，會玩兒。想當年，組長我也是愛拿水管噴人的那個。」說完，自己也笑了起來。普通一A也笑了。

而他們，也就要分班了。

在玩水之前，秋喻和宋云婄待在一邊聊天。她終於問出她想問的問題：「云婄，妳之前不是也拿了對內系招的申請表嗎？為什麼……放棄了？」

宋云婄「噢」了一聲，沉默下來。當時她也問過秋喻這樣的問題，她給她的答案是「被家裡的人擋下來了，而且也不是很確定，所以目前先專心念書吧」。其實，她也有點這樣的因素存在。

她開口道，「其實，跟妳很像。我媽倒沒有讓我先緩著，只跟我說：『話我都已經跟妳說過了，妳要怎樣就怎樣，那是妳的一輩子，別後悔就行』，可我就卻步了。誰敢說不後悔啊？而且還是用威脅的語氣被勸，就會忍不住懷疑自己啊。

「之前看到書上寫：『敢縱身的人，一潭清流即是天空。難的不在這認知，而在於躍或不躍。』我現在就是處在這樣的階段。認知是有，行動卻無法。」

嚴昕和她說過：這也不一定就是一輩子的事。

會有更多選擇擺在面前，要自己去取捨。選了這個，不一定就是永遠這個。但也就是不一定，才令人戰戰兢兢。

這個世界走得太快，快得讓人感覺落下一點就會追不上、被遺棄。快得只讓人看著別人，卻沒能停下來，看看自己。

一不小心，想要的一輩子就天旋地轉；

一不小心，轉瞬之間就是一輩子。

十幾歲的年紀，是要逐漸成熟，卻也是才要睜眼。

說別後悔，太重。

說一輩子，太令人無措。

五

七月，尹赫允開始恢復晨跑的習慣。秋喻整天宅在房間裡敲字。宋云婼日日往圖書館窩，蹭冷氣吹也蹭書看。嚴昕成天戴著耳機，躺在家裡地板上發呆。

暑假，是適合做很多事情的時間。

在被尹赫允揪出房間之前，秋喻正把進結局章前的最後一節寫完，腦子都沒轉換過來，門就被敲響：

「秋小喻，妳還活著嗎？」

她被嚇了一跳，隨即朝自己的門露出了鄙視的眼神。要是死了，誰還回你啊。她暗自吐槽。但也沒有答話。她現在很敏感，很容易就情緒爆發，更是不想離開電腦半步。

「我開門了啊。」外面的人不依不饒地。秋喻嘆了口氣，投降，「喔。」

尹赫允開了門，對於眼前的畫面毫不意外，「真難為妳的黑眼圈終於能發聲了。」秋喻是不容易有黑眼圈的體質，熬個一兩天夜臉上還是跟個沒事人似地，黑眼圈特沒存在感，而現在，她眼底下黑青正微微顯色，使她這幾天的狀況不言而明。

她摘下眼鏡，下意識揉了揉，尹赫允趕緊一把攥住她的手腕，「別揉，先閉著眼睛休息。」她聽話，但嘴上還叨唸著，「我快結束了，你讓我寫完。」

「快結束是還有多少？」

「大概兩萬字。」

對他來說，兩萬字實在不是能表示「快結束」的概念。秋喻聽他不回答，便睜開了眼睛，「真的。」

「妳先跟我出去走走，很快回來。」

「……去哪？」

尹赫允看她的樣子，哪會不知道她不想出門的心情，到底還是對她的「熱情」妥協了，「我家客廳。過來吃飯。」

「……不能在我家客廳嗎？」

「不能，我就喜歡在我家廚房煮菜、在我家客廳吃飯。」

「那我可以帶——」

「不可以。只能人過來。」

底被摸透，秋喻表示很哀傷。

就這樣被拎到對門家裡的沙發上，尹赫允塞了個抱枕到她懷裡，「休息一下吧。」她點頭，他人就到廚房去。秋喻理解他的心意，便也不做偷偷打字的行為，認認真真地讓自己脫離寫文狀態。沒多久，她有點無聊，朝廚房喊道，「尹赫允，我要聽歌，你手機密碼。」

他從廚房裡冒出頭，「四個零。」

隨著身心的放鬆，腦袋終於感覺到疲憊，秋喻專對他的無賴勁就有些上來，「我想改你密碼。」

「隨妳。」他又鑽回去忙活。

秋喻苦思了一番，幫他改成了四個一。改完還笑了笑。好沒有創意啊。又改成四個六。

六六六六。當作誇他一波吧。

當尹赫允把第二道菜上好，正要讓秋喻餓了就先吃，卻看見她抱著抱枕睡倒在沙發上。他走近她，把她還維持坐姿的腳擺上來，讓她整個人躺好。見她臉微紅，他摸了摸她的額頭，摸到一層汗。尹赫允拿過遙控器，打開冷氣，把吹著她的電風扇拿遠點。

他稍微想了想，又去浴室拿條浸過水的毛巾，把她的臉擦過一遍，讓她不至於流汗吹風。而即使是這樣的動靜，她還是沒醒。

是真的累了。

尹赫允簡單幫她蓋了條涼被，又回去廚房把剩下的菜處理完。等到菜都上桌，他便蓋上餐桌罩，人就坐到她旁邊。秋喻動了動，像是感覺到他在旁邊，嘟噥了句，「想要枕頭……而且好熱……」

他有些想笑，卻嘆了口氣，默默把她的頭抬起，自己坐過去，再把她的頭移到自己腿上，還順帶撩起她的頭髮，也是放在他腿上。這麼做能讓她的脖子涼快些。

尹赫允看著她，忍不住想：為了那十萬多字這麼辛苦，是什麼感覺呢？

每一個平日抓緊時間熬到深夜、每一個寒暑假更是馬不停蹄、廢寢忘食的，那十萬多字真的那麼迷人嗎？

他拿過自己的手機，上頭的音樂還播著，他也沒按掉，就讓它繼續播。而他轉而上了一個網站，打了兩個字，秋喻的連載欄就出現在螢幕上。他點進更新日期最新的那一本書，從頭開始看了起來。他邊看，感受到秋喻的動靜，另一隻手便會搭上她的頭，撫一撫，她便又安分了。

他一直讀到最新進度，連留言都看了一遍才放下手機。

那些，都是她用著時間和自己的雙手、心思堆疊而出的世界。

雖然很慢，卻用盡全力。他都看見了的。

又不知怎地，他看完故事感受到了感慨和溫暖，卻在看完留言後，感覺到了心疼。

／

午後四點，河堤邊吹著微涼的風。宋云嫿從圖書館出來，買了一支冰棒，邊散著步邊吃。河堤邊的步道很長，偶爾有人騎著自行車慢行而過，連接著步道與河畔的是一大片茵綠的草地，有些草堆已經長出了一定高度，其中還開了幾朵小花。

她慢慢地把冰棒吃完，將包裝袋跟冰棍丟進路邊垃圾桶，又再多走了一些時候。漸漸地，有個人影落在草地上，進了她的視線。

宋云婼朝他走過去，而他並沒有發覺，只是望著河面上被風吹動著的水流。她停在幾步之遠，又有一台自行車騎過去，響了鈴，而她正喚他，「嚴昕？」

他眼睛顫了下，微抬起頭，往她這方向側看過來。但他似乎還沒完全回過神，看著她的神情有點深。

「我……可以坐嗎？」她指指他旁邊。嚴昕眨了下眼，眼神恢復清明，拍了拍他旁邊的空地，「來。」她過去，隨他席地而坐，「剛剛在想事情？我是不是吵到你啦，看你很專心的樣子。」

「沒有吵到。妳怎麼在這？」

「在圖書館看了書、蹭點冷氣，想回家前散個步，就到這來了。」

「暑假還在看書？」

「才沒那麼認真，看的都是散文啊小說啊等等的。反正也沒什麼事能做。」她微笑，「你呢？是重新當回學生的第一個暑假吧？」

「嗯。」被她這麼一提，還真有這樣的「第一個」的意義，「沒做什麼。整天在家發呆。」

「誒？那今天怎麼出來了？」她玩著腳邊的小草，等著嚴昕的回答，卻沒有等到。她疑惑地看向他，發現他正看著自己，「嗯？」

「妳好像總是會出現。」他沒來由地說。

「……嗯？」她更疑惑了。

在我不小心掉入漩渦的時候。這一句話，他沒有說。

宋云婄想起了之前在電話中，難得變深沉的嚴昕。那一次，她只聽見了他的聲音和他說的話，而這一次，她完整地看見了他的樣子。真的，和平常同他們嘻笑的人完全不同，像是擁有著什麼秘密。

像是她問他為什麼要再回來，他沒有答。

是屬於他的人生中的秘密。

「我放首歌吧？」她彎眼對他笑，「最近很喜歡的歌。」

「好。」

她拿出自己的手機，連上網路，搜尋著歌名。

不久，音樂聲緩緩地從手機播出。她將手機放到兩人中間，隨後把包包放在身後，頭就這麼枕著，人就這麼躺下去。

嚴昕看著她的動作，下意識地微笑起來。她視線對上他的目光，也俏皮地笑了笑，沒覺得害羞，而是自在地閉上眼睛，輕聲說了句，「這才是夏日的午後啊……」

風起，一個女聲唱起了歌。

Clear blue water
high tide came and brought you in
And I could go on and on, on and on, and I will
Skies grew darker, currents swept you out again

And you were just gone and gone, gone and gone
……
This love is good
this love is bad
This love is alive back from the dead
These hands had to let it go free
And this love came back to me
……
When you're young you just run
But you come back to what you need
……
This love left a permanent mark
This love is glowing in the dark
These hands had to let it go free
And this love came back to me

——Taylor Swift〈This Love〉

嚴昕始終保持著同一個姿勢，手撐在背後，側頭看著宋云婼，耳邊聽著歌。而心思，則隨著音樂而亂了起來。他的神情暗下來。

那今天怎麼出來了？她這樣問他。

怎麼出來了？

中午的他，看著手機裡顧海早就幫他下載好的APP，鬼使神差似地，點下那個黃色logo，登入帳號。過往的訊息頓時跳出，有讀過的、還有很多未讀的。

而那個人的訊息，停留在三年前。

停在那一句：對不起，我是真的想要解脫……

忽地，加載的訊息全部跑完，那一句話消失，覆蓋上了新的一句。是未讀狀態。

時間是在去年七月：EM——

礙於版面，其他的內容看不見。但嚴昕也沒有點進去，而是退出來，連帶地把應用程式刪除。

「對不起，我是真的想要解脫……」

「EM——」

他就這樣掉入漩渦。

於是，他來到河堤旁，看了一下午的水面，吹了一下午的風。直到她來到他身旁，對著他，喊一聲：

「嚴昕。」

嚴昕。

她好像總是會出現。

在大片夕暉映下的時候，在淺青深綠圍繞的時候。

在他不小心掉入漩渦的每個時候。

然後他聽著她的聲音，回過神，

也像是從漫長的時光疊影中，再度走了回來。

女聲仍然唱著——

And you were just gone and gone, gone and gone……

六

吃完飯後，秋喻又回去繼續努力，而尹赫允給自己倒了杯水，便回自己房間，書桌上還攤著英文書和筆記。在他去拎秋喻出來透氣之前，他就在念書。他先前同秋喻說過想要累積實力並在高三轉系、努力成為教練，這些念頭都非常認真。現在的他，一點時間都不想浪費，也不想停下來。

他在他房裡的木架前止住了腳步——

其實，是不能停下來。只要一不小心，這樣好不容易堅定好的信念就會被瓦解。只要一不小心，就會被自己心中的渴望與自卑吞噬，萬劫不復。

即使會難過，也要朝喜歡的東西靠近，是嗎？秋喻這樣問過他。

尹赫允站在木架前，靜靜地看過那些獎狀、獎牌、獎盃，及那些相片中身著運動服的自己。想起一年前，他曾想毀去這些，卻被她攔下，也因為實在捨不得，所以沒下手。

喜歡的東西。已經沒有了。

轉系、當教練、持續晨跑鍛鍊——

這些替代方案，都不是他、最喜歡的東西。

無論再怎麼靠近，他都算是，離眼前這些兒時的依靠、曾經的傷口、現在的妄念——是他曾經懷抱在心、燙得令人奮不顧身的夢想——越來越遠。

這些尹赫允，將永遠停在那時那地。

而現在的尹赫允，卻只能一直被推著往前走。

他收了視線，坐回書桌前，放下水杯，拿起筆，翻著書頁。

令人喪氣的是，即使這些替代方案不斷提醒著自己的遺憾，他卻只能依靠它們，才能夠往前。

才能夠，拼湊出生活該有的模樣。

得不到，但必須活下去。

沒有了夢想，還有現實。

／

「這真的不是酒吧嗎……？」

「不是。只是燈光暗一點，這還是未成年可以進來的正當餐廳。」嚴旿臉上是無奈的笑，「帶妳去酒吧，我良心過意不去。」

「去酒吧也不代表要做什麼不能做的事啊，難道那裡不賣果汁嗎？」他眼神一斂，仍是一副漫不經心的笑容，「那種地方少去。就算心情不好也不要去。更不要喝酒，在那裡，連果汁也不要喝。」宋云嫿指著他面前的酒瓶，「喝酒的人讓人不要喝酒，有損可信度。」

這時，服務生把她的奶茶送上，嚴旿揚了揚下巴，「乖乖喝奶茶。」她含住吸管，喝一口，嘟噥道，「奶茶可好喝了，不要歧視奶茶。」

「宋小朋友。」他忽然斂起笑，換上認真的樣子。

「嗯？叫、叫我嗎？」宋云嫿雙手還握著奶茶杯，一雙眼睛不禁睜大，整個人跟著他的神色變化緊張了起來。

「不然我和誰說話？」她下意識縮了下肩膀，聲音變得小而不自覺帶著小女生的口吻，「怎麼了？」嚴旿忍不住，還是笑了起來，「不怕，我又不會把妳賣了。妳平常叫我小朋友，換我叫一次就不行了？」

「你可以用和平友好的樣子叫啊，我剛剛還以為你要說什麼嚴肅的事。」

「我剛剛看起來不和平不友好嗎？」

宋云嫿望著他的眼睛，反而換了一個話題，「是說，你是不是染頭髮啦？在河堤邊的時候就想問。」嚴旿挑起眉，「染回黑色了。」

「有沒有人跟你說過，」她忽然傾身向前，將手交握在面前，下巴靠上，就這樣和他說話，「你其實挺有明星相的啊？我覺得你染回黑色頭髮之後，更……好看了，我怎麼以前都沒發現原來你長得帥？然後現在這樣看，你呀，皮膚也好，臉型也俐落……沒什麼死角，五官……誒還挺有味道的——噢，完了。」她忽然停住。

「……怎麼？」

她默默地退回去坐好，「我是不是犯花癡了？天啊，我的形象。」嚴昨有些哭笑不得，「我習慣了。」

「習慣？習慣被稱讚帥？」

「習慣妳沒形象了。」

宋云媗：「……這奶茶好好喝啊。」

餐廳裡，駐唱歌手唱的歌換過一首又一首，歌曲多是英語。宋云媗安靜吃著自己的餐，發現對面的嚴昨沒什麼動，只是喝著酒、看著台上、似是在聽歌。她並沒有出聲打擾他。她已經感覺到，嚴昨和他們真的有不同的地方，縱使多數時候他都與他們沒什麼不同，但他時而的神情、話語，以及他到ＣＲ高中來的不明原因，讓宋云媗明白嚴昨的不同。

而這樣不同的他，竟讓她有一絲想要靠近的慾望——

宋云媗猛然咳起嗽，讓嚴昨驚地放下酒杯，趕緊把她的奶茶推給她。她喝了幾口，這才緩解了吃飯不專心而引起的難受。

「還好吧？」

「嗯。就是不小心……」她答得心虛，但也只有她自己知道。「小朋友吃飯不要不專心喔。」他調侃她一句，她卻難得臉紅了，只不過好險燈光暗，他看不清楚。

當真是言者無心，聽者有意啊。

「我、我吃好了。」

「吃好了？吃好了我送妳去捷運站吧，不能讓妳晚回家。」

沒多久，他們倆出了店，並肩走在街上，嚴昕的餐被打包後拎在他手上。

一時無話。

他送她到捷運站，讓她進站，宋云婼道了再見，便往刷卡處走。嚴昕望著她的身影，神情不自覺專注。忽地，正走著的人轉過身，又往他這小跑過來，停在他面前，「你……」

「嗯？」

「你沒有話要說嗎？我以為你有話要跟我說。」她指指他的臉，「你的眼睛裡都是話。」原來她一直看著他的眼睛。嚴昕分心地想。沒等到回應，她有些尷尬，尷尬怎麼辦？只好再跑回去了吧，「沒有的話，我就再走了……」

嚴昕斂下眼，看她低聲嘟囔，嘆了口氣，「妳可是自己跑回來的喔。」

宋云婼沒聽懂，「什麼意思？」

他沒有開口，只是跨步向前、將她納進懷裡。宋云婼的視線被他的身體擋去，目光所及之處——是她稱讚過的他的下巴、他微微滾動的喉結、他今天穿著的白T衣領——只有他。

她沒有任何反抗，任由他抱著她。

而耳邊只有他的聲音，「關於妳之前說妳媽媽讓妳別後悔，我一直忘了和妳說，其實不是別後悔就行。

可以後悔的，但後悔了，也還是要走下去。必須是這樣。」

為什麼，他的後半段話，像是在呢喃呢？宋云婼莫名生出這樣的疑問。

「云婼，我有很多話想說。可是現在的我，還沒有跟自己和解。我不知道該如何做，在這個世界上才是正確的，但我希望妳，不要辜負自己，更不要讓別人辜負妳。妳所做的，都是妳的。」

「你跟自己吵架了嗎……」或許是受他低沉的語氣影響，她的聲音下意識地軟了些，好似大聲了點，就會讓嚴昕變得遙遠。嚴昕抱著她，緩緩閉上眼，「嗯，我有好多個自己，妳相信嗎？」

宋云婼被他的話所觸動，雙手慢慢環上他的背，輕拍著、回應他，「相信……會開心的你、會難過的你、像大人的你、像小孩的你、過去的你、現在的你，這些嚴昕都是你，我相信……」

睡前，在一盞小燈下，宋云婼將這段話記在了她的日記裡——

我有好多個自己，相信嗎？相信的。會開心的、會難過的、像大人的、像小孩的、過去的、現在的……她們，一直都在。與自己共享記憶與時間，與自己共進退，她們會吵架，會惹人厭，卻也會讓人羨慕。為什麼會羨慕呢？因為，自己已經不在那裡，也不是那個樣子了。是自己，卻不是自己。如果——

她握著筆，書寫的動作停了下來，視線停留在如果兩個字上。

本該安靜的夜晚，車輛卻時不時呼嘯而過，刺耳的聲響打破這份平衡。

許久，她才妥協似地，將句子完成。

如果——可以回到過去，換一個選擇就好了。這樣是不是就不一樣了？

幾年後，宋云婼才真正明白，在與只有自身懂得的難堪掙扎之後，還能將心裡真實所想的句子寫下來，其實也是一種面對。她並不如自己想像中地、如此懦弱地逃避。

可現在的她不懂，在那一句話後頭，給自己一個否定：但是嚴昕說，後悔了，也還是要走下去。必須是這樣。

宋云婄，必須是這樣。

七

分班結果及新學年的全校行事曆在八月中都已經寄到學生家裡。

高二的普通科，A班是綜合班，B、C班屬於文組，D、E、F班為理組。宋云婄和秋喻如願同班，是C班，而尹赫允和嚴昕也恰恰分在了E班，兩組人的班級位置互為上下樓，隔出了一些距離，見面總是比以前在同一間教室上課來得難些。

尹赫允拆完分班名單，並沒有去碰行事曆。對普通科來說，全校行事曆沒什麼好看的，唯一需要注意的，就是三次段考的時間。反正普通科自己還會有一份行事曆，詳細的模考時間等等都會在上頭。而全校行事曆上八成都是各個科系的重要事項，最主要的是各系特招的時間。

現在的尹赫允，不需要各系特招的資訊。

於是他收好信封，放在桌邊，轉而看向電腦螢幕。他停著的頁面正是秋喻的連載欄。之前還標示著連載中的故事現在已掛上完結的字樣，時間是一個星期前。尹赫允其實有些訝異。這是秋喻在站上寫完的第四個故事，而以往的秋喻在結束一個故事之後都會帶著心情好的笑容來找他，告知他她「出關」了。可這一次，她沒有來，直到他看見最新的故事「完結」才知道她的狀態。

而對秋喻而言，線上完結後的這七天，令人沮喪。

她這七天一直想著，這樣的虛無感是什麼呢？

她白天將自己關在房間裡，聽著歌、望著電腦、什麼也不做，一遍一遍、對自己說：秋喻，妳究竟在做什麼呢？做了什麼呢？為什麼要看著別人？不要盯著這些數字啊、這些消息也不要看啊——

卻還是，忍不住去看、去想。

誰在哪裡出了書、誰登上了推薦榜、誰比賽得了名次、誰的數據很好很好……

秋喻，妳是不是真的很差啊？

轉念，又想：為什麼，寫完故事的妳一點都不感覺到幸福呢？為什麼想要那些呢？

其實她知道，想要那些東西，不是只有一個辦法。而是有很多辦法。可以去刷數據、可以去蹭曝光率、可以去搏交情、可以去做交換。可她不喜歡，也上不了手，這些經營，是個人的選擇或是興趣所在，她可以理解，但是她，只想要把故事寫好、讓自己與讀者保有純粹的交流，希望被看見的是她的故事，希望她的故事是被真心喜愛，甚至希望，她的故事、文字，在剝離那些人情世故之後，仍舊擁有能量、足以被人擁抱——

假使與你不相識，你還能喜歡這個故事，那就太好了；

假使與你不熟稔，你還能因為故事而感動，那就滿足了——

這是她想要守護的。

可是，現在、此刻，她沒有力氣。

她明白，這是她的老毛病了。一陣子過後就會這樣胡思亂想。

秋喻拿過全校行事曆，細細看著，尤其是各系特招的時間。各系特招每學年的時間不定，有的科系從沒開過，有的科系不是每年都開，有的科系每次開的月份時間都不一樣，所以才稱為「特招」，和他們之前經歷的對內系招和對外的統一獨招是不一樣的。特招的對象是校外、校內符合相關條件的人皆可。

CR高中想進來的人多，可其實，出去的人也多，所以流動機會大。

秋喻家和尹赫允家的家長們就是看中這一點才讓他們到這間學校來。

此刻，秋喻將一個時間點圈起來，輕嘆口氣。

那樣的虛無感是什麼呢？

是因為覺得自己沒有在前進，所以感到虛無。

是因為沒有成就感，所以感到虛無。

是因為目標和未來的輪廓還茫茫未知，所以感到虛無。

「小喻，爸爸媽媽為什麼讓妳讀這間高中，妳知道嗎？」

「是想讓妳比別人更早知道自己要做什麼，讓妳的起點更準確一點，走得更快更好一些。」

「所以小喻，我們不要念這些好嗎？我們念點未來比較用得上的，好嗎？」

她瞄了一眼電腦螢幕，欄位上頭的閱讀人數是零。

秋喻關掉頁面。

有的時候，妥協不稱作「妥協」，稱作「選擇」。而有的時候，選擇並不是因為想或希望，而是，想改變現況，抑或說是、了斷現況。

這樣虛無的自己，其實，還挺討厭的。

／

「那個……她問你，暑假會不會回去一趟。」打了很多次腹稿，最後還是只敢用「她」當開頭。而把這句話說出口後，顧海在他面前，非常想把自己縮小。而他怕的人，現在只是躺在地板上，吹著冷氣，像是沒聽見他所說的。

僵持了幾分鐘，「那我就說不知道囉……」

「不會。」嚴昕開口。

「……好。」顧海覺得自己站也不是、坐也不是，最後還是站著，「以後，我不太能這樣常常飛過來了。公司有新計畫，我被調去——」

「嗯。不過來也沒關係。」

「嚴昕。」他難得臉上一點笑也沒有，口吻嚴肅，「你不要死在家裡。嗯？」聽起來像一句玩笑話，可嚴昕知道，他是認真的。可他卻不認真，勾起嘴角，「死在外面就可以？」

顧海抬起腳作勢要踹他，嚴昕動也不動，他當然踹不下去，心裡鬱悶，「重點是死在哪嗎！」

「我知道，重點是不要死。」

顧海還是忍不住動了腳，像是忍不住那股鬱悶情緒，全都對著嚴昨發出來，「你說你多久沒叫我哥了！不要這副樣子！你讓我怎麼走！」

嚴昨讓他踩了一腳，沒什麼反抗，一雙眼睛就望著他，看他突然地暴跳如雷，又唉聲嘆氣的，他默默用韓語喊顧海一句他熟悉的「哥」，顧海瞬間靜止在原地，過幾秒，紅著眼睛、爆了一句粗口，「臭小子……看什麼看，沒看過人哭啊……」

嚴昨收起視線，沒看他。

「代表說了，要回來隨時回來。」顧海恢復冷靜，吩咐了句。

他沒有說話，而是輕輕唱起歌來：「回家的路有時候太過漫長／使我更加地疲倦／到了家便倒頭就睡／醒來了什麼也沒有／躺在小小的浴缸裡／一隻小蝸牛向我爬來／小聲地對我說……」

是 Panic 的〈蝸牛〉。是嚴昨從以前就很喜歡的歌。

嚴昨的聲音很小，唱得很慢，像是低吟、又像是囈語。顧海聽著他的聲音，徹底安靜下來。

他已許久沒聽見嚴昨唱歌，許久都不曾。

有的時候，他會覺得，那幾年的嚴昨，只是他的一場夢。

／

八月底，開學。他們升上高二。

宋云媗坐在新教室裡，時不時就望望外頭，看秋喻到了沒。不一會兒，秋喻出現在教室門口，還有尹赫允。他們說了一下話，秋喻轉身進教室，看見宋云婄便揚揚嘴角，坐到她旁邊的位子上。

看她的表情，宋云婄覺得不對，「怎麼了？尹赫允怎麼還送妳上來？」秋喻把筆記本還有筆袋都拿出來放在桌上，搖頭，「他瞎操心。」

「操心什麼？」

秋喻卻像是被提及什麼不該提起的，表情又暗了些，再搖搖頭，「不要理他。」

「吵架了嗎你們？」宋云婄遲疑地開口，「小喻，妳看起來跟上學期不太一樣呢。」

「是不是很憔悴？」

「……對。」

她終於直視宋云婄，她也終於看見秋喻眼睛裡的血絲。秋喻無奈地笑，可是那個笑卻很勉強，「熬夜了唄。」宋云婄不覺得這是全部的答案，於是繼續等著，等著她開口。秋喻嘆口氣，「我要準備特招了。九月中，法律系。」宋云婄很吃驚，「法律？可是妳不是——」

「噓。」她打斷她，「沒有可是。就是這樣了。」

文、法、商雖同為文組，但宋云婄知道，秋喻分明志不在——

「怎麼這麼突然？」

「不突然，我暑假就開始看書了。」

「為什麼……？」

秋喻吐出一口氣，「云婄，我不喜歡……沒有目標、永遠在原地踏步的自己。既然總有一天是要面對現實的，不如，現在做吧……」

八

ＣＲ高中就跟一般大學一樣，走廊邊、穿堂的牆面上總是貼著各式海報，有著關於各系的活動資訊及廣告。此刻，宋云婄站在某一面公告欄前，如同靜止一般，動也不動，在人群川流不息的走廊上顯得突兀。

有個叼著棒棒糖的人頭忽然出現在她的臉旁，出聲道，「在看什麼？」

她完全被嚇了一跳，整個人彈起來，差點要被自己絆倒，還是那人扶住她的腰，免了一次意外。站好了的宋云婄還驚魂未定，「你、你下次別這樣好不好……」

嚴昕保持著彎腰的姿勢，側著臉，正好可以跟她平視，「是妳太專心了，嚇成這樣。」她心有餘悸，只能故意轉移話題地打趣他，「都一把年紀了，吃什麼棒棒糖啊……」他從口袋拿出了一支草莓口味的棒棒糖，「給妳。」

「……謝謝。」聽到他說的那句「給妳」，讓她沒來由地想起他們曾經有過的擁抱。在那之後，他們之間沒什麼變化，照樣傳訊息、聊聊天，而嚴昕還是最一開始她熟悉的嚴昕。

但還是，有近一些。嗯……說晚安的頻率有多一點……

嚴昕直起身，去看她剛剛盯得認真的牆面，「所以，剛剛在看什麼？」

宋云婄收起自己的小心思，視線循著嚴昕的望去，手指向其中一張色彩繽紛的海報，「在看這個。」她握緊手上的糖，揚起笑、隨即又面容平靜，像是鼓起了勇氣，「後悔了，也還是要走下去。必須是這樣。既然總有一天是要面對現實的，不如，現在做吧。」

她身邊的人一個一個都在前進，她也要、試著往前才行。

於是她站在那張海報前，屏除自己的雜念，一遍一遍告訴自己：沒有過去、沒有未來、只有現在，現在、去要一個結果。只要一個結果。宋云婄，不要如果、要結果。

「所以，嚴昕，我去試試，好吧？」

一隻手撫上她的後腦勺，輕拍幾下，她聽見嚴昕的聲音帶著笑意，「不怕。會做得很好的。不留遺憾，怎麼樣都是好的。」

宋云婄側頭去看他，心因為他的話而變得輕盈。

她彎起眼睛，再去看那張海報——

二〇一八舞蹈大賽：ＣＲ學生組——

那是，舞蹈系今年的特招。

也是，她一直有著的夢想。

／

「你不要再來了行不行啊？」秋喻第三次嫌棄他，「云婄早上問我們是不是吵架了，我都覺得要吵起來了。」尹赫允就算被這樣不好的口氣對待，也還是脾氣很好地，「好，今天最後一次上來了。這個給妳下午吃。」

他給的是一小包巧克力。他以前常常投餵她的那個牌子。

秋喻看他如此，對於剛剛自己胡亂發脾氣有點愧疚，乖乖拿過那一包東西，聲音小了些，「知道了。你趕快下去。」

「秋喻。妳自己注意休息。」她從那包巧克力中拿出一個，塞給他，「走吧。」

「嗯。」他知道她不耐煩，手握著巧克力就轉身下樓，回到自己的教室。嚴旿坐在位子上，看見他走進來，便開問道，「剛從二C回來？」

「嗯。」他坐下，從包裡拿出護膝，雙手俐落地戴上。嚴旿看了眉頭一皺，「又？」尹赫允搖頭，「沒有發作，就是不太舒服。」

「那等等還上去二C嗎？」

「不上去了。她不讓我上去。」他把那塊巧克力扔在桌上，蹙著眉、活動了下膝蓋，「就是不上去才帶護膝。」

「……還好吧？」

「沒事。還能走。」

「我說你跟秋喻。」

尹赫允沉默會兒，才低聲道，「給她點時間吧。」

然而，下午的打掃時間，秋喻下了樓，在E班門口碰上她要找的人。正拿著拖把要去洗的尹赫允有些詫異，下意識以為發生什麼事，開口就問：「怎麼了？」

「我、我找你。」她想道歉，又有些心虛，頭就往下低，這一低、她便看見了尹赫允腳上的護膝，心頭一跳，猛地抬頭看他，「你腳又痛了嗎？什麼時候開始的？」

「……沒有。」

「明明早上還沒有的……是不是你一直跑上跑下的，所以才不舒服？」

「不是。」

「那是怎樣？」

他推著她離開門口，到一邊說話，「妳怎麼下來了？」

「來道歉的。」她開口，視線卻一直盯著他的護膝，「早上……我的態度不好，還兇你，對不起。」

「不用道歉，我知道妳給自己很多壓力，妳也不好受。」她搖頭，「我不想這樣……」

尹赫允看著她低著的頭，心裡彷彿有重物壓下來，讓他感到沉重、甚至是疼。他該如何，才能讓他的女孩好受些呢？怕她又將自己逼得太緊、睡也睡不好，怕她又餓了不吃飯、一日比一日消瘦，怕她又將自己繞進死胡同裡、所有情緒都只發給自己——

尹赫允始終在一旁看著，擔心著，卻不知所措、無能為力。

這些轉變，這些日子，他知道，其中最最難受的人，是她自己。

從她告訴他要準備法律系的特招開始，秋喻的眼睛裡就沒有光。

九

九月中，秋喻換上白襯衫、深藍裙，離開那身黑色衣裙，也離開了普通二C。她開始比尹赫允早出門、比他晚放學，關在房裡的時間跟以往一樣多，只是她不再是時時敲著電腦，而是手邊不離專業書，一本又一本。

秋喻已經想不起來，自己上一次寫故事是什麼時候、看課外書又是什麼時候。她幾乎是每天有考試、每天有報告、每天每天……

一個人捱到深夜的時候，她總是會不自覺地恍神。她要準備大考小考、準備報告專題、準備證照、準備檢定，很充實、充實得令她難以想像。但自己，仍然感覺不到踏實。

從前是虛無；

而今，是感覺落不到地，似是被懸著，失去重心，等待著時間倒數。

從前是問自己，究竟在做什麼；

而今是問自己，究竟為了什麼。

秋喻的雙手停留在鍵盤上，盯著電腦，螢幕上是空白的文件檔，灰灰小小的箭頭旁，是一槓黑線閃爍著。

已經一個小時了。她一個字都打不出來。

她的眼淚倏地滴落在桌面上。

回不去。

她回不去。

十

黎明之前的夜晚最黑暗。

可若是連黑夜也失去，如何等到黎明？

只有一場夢，醒醒睡睡，直到完全睜開眼，才發現，世界早已亮透——

遲了。睡過頭了。

必須如同驚醒一般，快速梳洗準備、追趕公車捷運、匆匆忙忙地打卡抑或穿過校門，可能安然度過、可能被記上一筆，而心裡驚魂未定、精神渾渾噩噩，而那場夢，早已事過境遷。

無從追尋。

第三話

何以成玫瑰

一

晚上九點多，宋云娮從舞蹈系的練習室出來，將門拉上，並拿著鑰匙上鎖。而後，她邊走邊轉動脖子，覺得身體有些痠痛，又感覺自己的鼻子似乎有點塞住，說話都帶了鼻音。

可能是太久沒這樣練習了，所以狀態差了吧。她想。

久未規律練習的身體，雖然柔軟度並沒有退步太多，但總地還是比以前來得不足，於是她最近正努力讓自己恢復以前練舞的狀態，故意將強度加大些。猛地，宋云娮打了個噴嚏，她拍拍胸口，喃喃自語道：「不會不會，不是感冒……」

雖然口上這樣說，她卻知道自己現在的體溫是偏高的。

宋云娮搖頭。只求她的白血球爭氣點。

她出了大樓，走上紅磚路。往校門口方向的紅磚路旁有路燈，不像教學大樓裡黑暗一片，讓宋云娮的心情放鬆了些，看見路上也有些住宿的學生正散步著，她便也慢下腳步。

這時，她的手機響起。

「還在學校嗎？」她聽見他的聲音，下意識地揚起嘴角，「嗯，要回去了。正在紅磚路上呢。其實啊，晚上的紅磚路特別好看，兩旁路燈的光挺美的，不會亮得死白，有點浪漫，然後，可能又剛好是夏秋時節吧，風也舒服。」

「嗯。」

「練完舞之後感受這些，覺得，挺幸福的。」她低下頭，去看紅磚拼接的紋理，聲音低了下來，「真的。我想把這些，都記住。」

「嗯。」

她走出校門，又輕輕微笑起來，「要換做別人，一直『嗯』我肯定覺得敷衍。但你這樣『嗯』，反而讓我有種被好好回應了的感覺，奇怪呀。」嚴昕其實就跟在她身後十步左右的距離，望著她的背影，神情專注，又帶著柔軟，「因為，有重量啊。」

「嗯？什麼重量？」

因為，她在他心中，已經有了重量。所以一聲「嗯」，都帶著唯她獨有的繾綣味道，「云婄，我給妳唱歌吧。」

「這麼突然啊？」

「嗯，陪妳到家。」

簡單的四個字，聽進她的耳裡，停在她的心裡。

他們便這麼一前一後地走著，嚴昕的聲音在她耳邊低沉卻清晰，襯著這夜裡的醇厚靜謐。他緩緩唱著，嚴昕的歌聲，讓她的心莫名地被觸動，縱使他唱的是韓文歌，歌詞的涵義她並不懂。他結了尾，問她，宋云婄的眼眶卻隨著他的歌聲而泛紅。

「喜歡嗎？」

「嗯，很好聽，我很喜歡……」

「以後練舞累了告訴我，我給妳唱歌，隨時、隨地。」

她揚起笑，眼淚終於掉了下來，然而她的聲音仍使人聽不出她的狀態，「你剛剛唱的歌詞，中文意思是什麼啊？」嚴旿默了會兒，索性又唱了一次，只不過這一次，他把韓文歌詞翻成了中文歌詞，曲調微微改過，但主旋律和剛剛的版本相同。

宋云婄靜靜聽著，腳步緩緩停下。

回家的路有時候太過漫長　使我更加地疲倦
到了家便倒頭就睡　醒來了什麼也沒有
躺在小小的浴缸裡
一隻小蝸牛向我爬來　小聲地對我說

總有一天　在遙遠的某一天
我要走向廣闊而粗糙的那世界盡頭的大海
即使什麼都看不見
跟隨著記憶裡不知在何處聽到的海浪聲音
我要永遠地走下去

——패닉〈달팽이〉（Panic〈蝸牛〉）

嚴旿隨她停下，站在她身後稍遠的距離。他見她仰起頭，手一下一下抹著臉，她的聲音隨即從手機傳來，輕微哽咽道，「嚴旿，謝謝你，謝謝……」

宋云婠的眼淚再也止不住，只會拿著手機，一遍又一遍地喊著他。

幾天前的晚餐時間。

「妳最近早出晚歸的，是在忙什麼？」宋云婠手拿著碗，正喝著湯，被對面的人這麼問一句，倒也沒有太大的反應，只是她左右搖擺不定的雙眼顯示出她的不安。

「嗯？」她的母親抬眼望她。

「……在準備一個比賽。」

「什麼比賽？」

「……舞蹈比賽。」她把碗放下，想自然地拿起筷子去夾菜，卻遲遲無法動作。她的心跳得很快。「也算是、舞蹈系的特招考試，前五名可以轉進去……我就想試一試，不管有沒有要轉進——」

「話我都已經跟妳說過了，妳要怎樣就怎樣，那是妳的一輩子，別後悔就行。」

又是這幾句話。

又這樣打中她的心。

「如果進了前五，妳會讓我轉系嗎？」她的音量不自覺變小，失去重心的感覺正朝她湧過來，她其實怕，怕得到的回應不是承接她的船、而是將她推得更遠、更未知的浪。

「如果我說不，妳會聽我的話嗎？」她的母親放下筷子，「云婠，妳很清楚我的態度，當初讓妳學跳舞，是想讓妳有個才藝，而且剛好妳也喜歡，但我從來就不希望妳把它當成妳的全部，更不希望妳把它當成妳的職業生涯。現在的環境如何，如今妳也漸漸長大了，媽媽不用一直告訴妳，妳也會知道，妳也會聽到。

妳是個有想法的孩子，我攔不住妳、說不過妳，那就只能這樣。」

宋云婥一雙眼睛望著她，有些紅。

「這是妳的人生，如果甜，甜是妳的；如果苦，苦也會是妳的。我得不到好處，我也不用承擔。而媽媽只想讓妳知道，妳現在想要選的路，很大的可能、不會是妳所想像的那樣美好。」她的母親斂下眼，「云婥，興趣如果只是興趣的話，一切都會簡單很多。」

「我只是想跳舞。」宋云婥望著她媽媽，終於說出了這句話，「跳舞這條路的終點有很多，我不想留遺憾，假使成功了、我寧願擁有選擇而放棄選擇，假使失敗了、我寧願被淘汰了而徹底死心。我……很擔心很害怕，可是怎麼辦，我還是……很想去做啊……」

同一夜，尹赫允惦記已經幾天沒見到的秋喻，便用手機給她傳訊息，她沒回，他乾脆到對門去，按她家的門鈴。

開門的是秋爸爸。

「叔叔你好，我找秋喻。」

「……秋喻放學回來就去了頂樓，說是要透透氣。」秋爸爸的臉色不是太好看，一下子讓尹赫允有些愣然，但還是面無異色地點了頭，道謝。然後便搭上電梯，往頂樓去。

當尹赫允推開頂樓的門，看見他要找的人，卻也看見了她緊握的拳頭，以及身前的鐵桶子，裡頭正冒著火光，他當下臉色一變，飛快地跑到她面前，將她往後拉，自己就擋在她和鐵桶中間。一雙眼睛緊盯著她，手將她轉了轉，確定人沒有怎麼樣才鬆了口氣，「秋喻妳嚇——」

他瞥見一旁成堆的書。

他猛地一僵，往身後的鐵桶看去，裡頭還有未燒盡的殘餘。他也看見那一張張書頁碎片被烈紅的火焰吞噬，逐漸黑去，以致面目全非。

尹赫允轉回來，雙手抓住秋喻的肩膀，「秋喻，為什麼要燒書，這麼突然地、怎麼了？」

秋喻自始至終都沒有抬頭看他，持著打火機的手緊緊握著，指關節都發白。尹赫允手上的力道又重了點，心裡有些慌，「秋喻？」

「尹赫允，」她鼻音很重，喉嚨也輕微沙啞，語氣有著藏不住的哭意，「我很沒用，對吧？這些書，也跟我一樣，沒有實際用處，對未來起不了作用，我還要它們做什麼？這些文字……什麼都不是。」

他皺起眉，「妳怎麼沒用了？書怎麼沒用了？」

秋喻終於抬頭直視他，而那雙眼睛紅得嚇人，「其實，未來大概是可以被看見的。你相信嗎？」

二

尹赫允心裡一疼，仗著自己的力氣優勢，硬將秋喻緊握的手掰開，把打火機拿出來，扔在一邊，秋喻正要反抗，就被他緊緊抱住，不讓她動彈，「秋喻，妳別這樣。不要這樣傷害自己。」

「尹赫允，你別這樣傷害自己。到頭來，最疼的還是你啊。」

她曾經，和他這樣說過。她也曾經，如他現在抱緊她一樣、抱緊自己。尹赫允知道，秋喻想丟掉這些的心情，也知道，她心裡有多難受。於是，不能放開，不可以再讓她一個人，走在這些黑暗中。

因為，那時的秋喻守護了他過往的目標與榮耀，以及因此意氣風發的尹赫允；所以，現在的尹赫允要守護她那些年歲的寄託與喜愛，以及因此發光的秋喻。

他便這樣抱著她，在她耳邊低語哄了好久好久，才終於說服秋喻不燒書，將她那兩大櫃的書都搬去他房裡。之後，秋喻回到房間，坐在床上，望著自己的書櫃，莫名地滿是倦意。說不上失落，卻也無法說輕鬆，像是失去了重量，落不到地，也就無能具象。

書櫃空了，她的心也空了。

頓時，門被敲響，她媽媽在門外喚她：「赫允找妳，在外面等著。」秋喻緩緩呼出一口氣，起身開門，往客廳走。尹赫允就站在門口，抱著兩個箱子，「可以去妳房間嗎？」秋喻跟她爸媽還彆扭著，沒多說話，只是點點頭。

到了她房裡，秋喻就把門掩上，沒什麼形象地躺倒在床。尹赫允笑著搖搖頭，熟路地把箱子放在床邊的地上。她悶悶地開口，「笑什麼？」

他索性坐下，背靠床沿，側頭看著她的書櫃，邊回答：「很久沒看過妳這個樣子了。鬧彆扭，懶骨頭。標準的秋小喻心情很差的標誌。」秋喻維持躺倒的姿勢，偷偷抬腳要踹他肩膀，卻在行動時被逮個正著。尹赫允精準地抓住她的腳掌，毫不意外，「給妳暖腳，然後妳就消消氣？」她自討沒趣，想把腳收回來，可尹赫允不讓，真給她暖著腳。

「又不是生你的氣，你幹嘛讓我消氣？」他轉過頭，直視她，「讓妳憋著跟讓妳消氣，我覺得後者比較好。」

他知道秋喻的脾氣，因為他們認識得太久，而他也知道，她是不會輕易就發脾氣的人，對她的父母尤是，不說、不鬧，她最幼稚的一面，都在尹赫允這展現。於是，他就任由她的任性、彆扭、胡鬧就這麼發在他身上，他照單全收。並不只是因為是兒時玩伴，也不只是因為他與她親近。

更是因為，知道這樣願意敞開的她有多難得。

「……對不起。」

尹赫允明白，只是笑道，「又傻了？」他隨即起身，打開自己搬來的紙箱，把自己以前的獎盃、獎狀、獎牌、以及比賽照片一一擺上秋喻的書架。

「這些東西就交給妳保管啦。」他一邊動作，一邊說道。這一晚以後，她的書在他的架上，他的榮耀在她的櫃裡。就好似，被妥貼安置一般，有所憑靠。

秋喻望著他的背影，想起昨天和她的父母有過的對話。

「我只是想選我喜歡的科系、選我想走的路、做我喜歡的事情。現在呢，現在我也聽了你們的話，去考了特招，這樣還不行嗎？我就只是……想要寫東西……並不是念了法律系，未來就只有司法這一條路而已……」

秋喻的母親站在她面前，「我們只是想要妳好，想要妳跟別人過一樣的生活。」她的聲音傳進秋喻耳裡，逼迫她紅了眼眶，「想要妳安穩、不想妳辛苦，怕妳走錯路、怕妳想得太天真，我們錯了嗎？」

忽地，秋喻的心裡浮上一層厭惡感。

那是對她自己的厭惡。厭惡自己、竟然不敢說不怕辛苦、不怕後悔、不怕多繞路。

「秋喻，妳喜歡看書，我們很高興。但是……」

以為妳只是喜歡看書而已，而不是，會想把自己的人生放在上頭。

秋喻低下眼，失去任何辯駁的能力。

當她終於能夠回到房間，她關上房門，眼淚倏地滑落下來。她蹲下身環抱住自己。哭得無聲、卻哭得狠。

「秋喻，妳要當作家嗎？妳覺得只當作家能生活嗎？妳覺得……妳能跟那些有名的人一樣嗎？小喻，爸爸媽媽不求妳多厲害，只希望妳未來的生活穩定就好。」

為什麼？

為什麼，就不能和她說，辛苦沒關係，去試試看，可能做不好，但也可能會做得好？

為什麼，就只會和她說，我們不要辛苦，別人可能做得到，但那不會是妳的人生？

為什麼，要用這樣的語氣、這樣的眼神，問著她：秋喻，我們錯了嗎？

那她呢。

她錯了嗎？少了那一點推自己一步的勇氣，所有的顧慮、退縮、放棄，就是活該、就是咎由自取嗎？

「只是想要妳好，想要妳跟別人過一樣的生活。」

怎麼可能……跟別人一樣呢？

一個人的人生，怎麼可能跟另一個人一樣呢？

「尹赫允，」秋喻坐起身，視線卻漸漸模糊不清，「有時候我覺得，自己可以忍受千剮萬剮，去守護自己想要的東西。可有時候我又覺得，自己脆弱得不堪一擊。」

尹赫允轉過身，對上她的眼睛，聽見她說，「其實，是我累了。明明還可以繼續走的，但我、沒有運動家精神。你知道嗎？我常常有種在虛無與現實間遊走的感覺，遇秋這個人是虛的、秋喻這個人是實的。我當遇秋的時候，比當秋喻的時候更快樂，但是，遇秋終究不是真實的，她可以讓我躲藏、卻不能永遠讓我躲藏。我可以感受到，當我要往秋喻的方向走去時，遇秋就會漸漸消失；想要往遇秋的方向走去，秋喻就會失衡。都會痛，哪一邊消失、傾倒，都會讓我難受。是這樣地在拉扯著。雖然，繼續下去，說不定可以把遇秋變成真實的，不過……我好像累了。

「你跟我說過，現代奧運會的創始人講過一句話你很喜歡：『生活的本質不是索取，而是奮鬥。』是吧，人生在世，總得要奮鬥，我只是想，我是不是一開始就選錯了路，所以，至今都這樣沉沉浮浮。」

秋喻伸出手，去拉他的手，「尹赫允，如果重新來過，我會做得很好，對吧？」她的手握得越來越緊，「你說，我會做得很好的，對不對……」他用更大的力氣去反握她的手，然後蹲下身，去擦她的眼淚，說話的聲音啞了幾分，「當然，妳一直都很好。以後也是。」

以後也是的。

三

幾天後，尹赫允在秋喻的連載專欄上看見了最新更新的狀態：

擁有夢想是一件幸運的事，但對有些人而言，卻是一件不幸的事。

不勇敢，並不等同於懦弱。

有些時候，徹底放棄，遠比堅持還要難、還更需要勇氣。——遇秋

而這一頭的秋喻望著電腦螢幕，按下滑鼠左鍵，確定將所有作品刪除。所有封面、簡介、留言、文字、數據，所有，都已不復存在。

結束了。必須結束了。

秋喻登出帳號，關閉頁面。

她想起有人說過，真正的離開是悄聲無息的，沒有預告，連再見都不會說。

這一刻，她是真的懂得了。

這一刻，她真的無話可說。

她從此，要往真實的自己走去。

沒有預告，沒有再見——

她不想回頭了。

四

早晨六點十分，秋喻坐在操場邊的司令台上，頭倚著牆柱，書包則抱在懷裡。她的視線停在遠方。在發

呆。校園還很安靜，只有競技系晨練的聲響隱隱約約地從體育館傳出來。

今天，連一點風也沒有——

「嘿。」一個黑色身影出現在她面前，讓秋喻回過神。是宋云嫿。秋喻坐起身，揚起笑，看著她把自己的書包放上司令台，手一撐、人也坐了上來，就在離她兩步的距離。

「唉，我們兩個現在都是苦命早起團啊。小喻，妳看起來瘦了好多。」宋云嫿學著她剛剛的動作，把身子靠在牆柱上，看著眼前的天空，懶懶道，「還好嗎？」

「嗯。」

「進法律系後還順利嗎？」

「嗯，挺順利的。」秋喻也將視線擺回遠方。這倒是實話。雖然轉進法律系後壓力很大，卻也因為非常謹慎小心、努力苦撐，所以還沒有搞砸過什麼考試或報告。

「妳呢，比賽準備得還順利嗎？」

「不順利喔。」她雲淡風輕地道，「我以前也是可以做一字馬的呢，現在下去都會忍不住唉唉叫。」

「一字馬？」

「噢，就是這樣啊。」她忽然起身，將運動褲拉了拉，下一個瞬間，人就在秋喻眼前劈腿，姿勢又正又標準，兩腿貼合地板，也沒有她說的唉唉叫。秋喻睜大眼睛，按住自己的胸口，平復著這突如其來的衝擊，「這、這不是做得挺好的嗎……」

宋云嫿索性就這樣坐著跟她說話，順帶當作拉筋，「至少前幾天還下不去這樣的程度。」說完，還把自己放在後面的腳翹起來，手向後拉住，頭一仰，她整個身體彎成一個角度，頭恰恰碰上腳尖。秋喻對這畫面有點接受不了，「云、云婼，妳先坐好……」

她笑了笑，收回頭跟手，再收攏自己的腳，正常地坐下，看起來半點不適都沒有，她比了個七、抵在下巴處，帶著滿足的眼神，「小喻，我是不是有在一瞬間讓妳腦袋空白、忘掉那些討人厭的事？」

秋喻些微愣然，疑惑地看著她。

「轉系後的妳，看起來真的很不快樂。」她放下手，臉上的笑容漸漸變小，「感覺妳好像放棄了某些東西，可是又好像得到了某些東西，但是其中的比例失調，所以看起來不太和諧？」

「……用到『比例』來解釋，有點理科。」

「……我是理科人嘛。雖然是文組。」她又笑了起來。

「我曾經，讀到這樣一段話，它說：真正的玫瑰，開出的第一朵，就是玫瑰。」如同被宋云婼感染了一般，她說起這樣的心情時，竟然是不自覺帶著微笑的。是因為面臨了放棄執念的時候，心變得輕鬆嗎？是因為，終於到頭了嗎？她繼續道，「是我貪心了。我不想只是做到，而是想要、能一直做下去，做到最好。我以為，總要度過辛苦的時候，才能有結果。卻沒有好好想過，自己或許，只是雜草罷了。」

以為，只要努力，就能有盛開的一天。然而，如果本就不是花苞，只是朽木，朽木無可生也，如何盼得花開？

不是玫瑰，又何以成玫瑰。

「云婼，我很期待妳的舞台喔。」她沒來由地開口，「妳這麼努力，我很希望，妳能心有所願、願有所成。這樣的話，我或許，也還能夠因為這樣的光，而喜愛這個世界。」後半段，聽著像是呢喃，而宋云婼也看見，秋喻笑彎了的眼睛裡，隱隱有著水光。

雖然，那並沒有落下來、變成眼淚。

／

宋云嫿近日一直待的練習室是舞蹈系提供給報名舞蹈大賽的在校生使用的，使用時間不限，不用被舞蹈系上課的時間所侷限，但缺點就是，他們被分配到的練習室不是那種常見的大型韻律教室，而是一個一個小單間。許多人都覺得難以施展，都額外到外頭去找練習室，而宋云嫿自己倒是很滿意，在小空間裡也玩得很開心，而在她需要設計或練習走位、換場時，就到體育館的游泳池區外，用著那一大片玻璃來當作鏡子，一個人就可以折騰好久。

她也不太搭理別人的視線，他人經過、來來往往，她就跳她的動作、想她的動線，有時面對一群人在室內游泳，她得不到靈感，還會索性往地上一坐，戴著耳機，就從室外盯著他們發呆。

她給自己定的練習時間比較密集，早上六點多到校，練習到早自習時間才進教室，中午午休時努力把當天作業寫完，放學後就關進練習室或到游泳池外，晚上八、九點才將練習告一段落，然後利用搭車時間補眠或準備隔天小考，回到家洗好澡、吃了點小東西後，又會拿出筆記本，順過當天的練習內容，或者構思整體細節。宋云嫿便是如此，慢慢將自己久未碰觸的東西撿回來。

很辛苦，但卻如她所說的一樣——很幸福。

而有時放學後，她在泳池外練習，嚴昕會過來，就坐在那片玻璃牆前，默默地看著她。他不會打擾她，也不會覺得無聊。宋云嫿起初還有些放不開，畢竟是認識且在意的人，沒法完全無所謂，但見到他一臉真誠的模樣，她又漸漸沉入自己的世界，偶爾卡住了，便問他這樣好不好、那樣怎麼樣，他少數時候會給她意見，而多數的時候，他總是：「我覺得很好看。」

他會給她帶巧克力、帶草莓牛奶、帶棒棒糖，宋云婄有次問：「你怎麼都帶吃的來？」嚴昕幫她開了草莓牛奶，遞給她，然後答，「赫允也常給秋喻帶東西，這叫……投餵？我覺得挺不錯的，就學了下。妳練習也耗體力，補補。」

吃棒棒糖補嗎……？

……好吧，升點血糖也算吧。

這一天，宋云婄照樣在泳池外練習走位和換場，嚴昕在一旁看著，同時背課文，場中間的人忽然踉蹌了下，身體正轉著的圈也被打斷，他眼看不對勁，趕緊過去扶她。宋云婄搭著他的手，閉著眼，緩下暈眩的感覺，嘴上安撫道，「沒事沒事，就是有點暈。」

「是不是練太久了？休息下吧？」她吸了吸鼻子，睜開眼，「嗯，休息。」

「感冒一直都沒好？」他讓她到旁邊坐下。她喝著水，又擦擦汗，「不是感冒。我以前就這樣了，還跳舞的時候。只要考試或表演的時候近了，加強練習之後，都有這樣疑似感冒的症狀，也會發低燒，估計是我的白血球活躍了吧，等練習恢復正常強度後，症狀就沒了。所以不用太擔心。」

他的手背抵上她的額，果然有些熱，他輕皺起眉，「真沒事？」她微笑，「嗯。沒什麼的。」嚴昕看了眼手機時間，「八點了，今天就先到這吧？」

「不可以再練一下嗎？」

他的手覆上她的眼，溫溫熱熱的，緩解她的不適。她聽見他輕嘆，而後：「就到八點半，八點半一到，我就要送妳回去了。」

「……好。」她的嘴角揚起一個好看的弧度，嚴昕放下覆著她雙眼的手，果然見到她亮著的眼睛，正一眨一眨地看著自己。

嚴昕無奈，但也微笑了起來。

五

十二月下旬，時序已經離舞蹈大賽近了。

在舞蹈系專屬的表演廳中，宋云婼正捧著自己的筆記本，和負責大賽舞台的工作人員溝通，從開場、換場至結尾，從音樂、燈光至道具擺放，都仔仔細細地告知、詢問可行度，工作人員也非常盡責，將她所說的東西都記下來，並在最後和她確認一遍。

其中有一個舞蹈系大學部的學生也是這次的工作人員之一，她從頭到尾都跟在一旁聽他們的討論，最後結束時才笑著同宋云婼道：「就算是我們系上的學生，也很少有這麼細心的。很難得呢。」

她看見她胸前的工作證，知道了她是舞蹈系大學部的學姊。她回以微笑，「只是怕達不到想要的效果，所以想比較多，該想的、不該想的，都想了。」

學姊紮著一顆丸子頭，很標準的舞蹈系學生的造型，而且氣質很好，是宋云婼喜歡的類型，乾淨、俐落，溫柔、卻又擁有韌性似的。

「自己的舞台，沒有不該想的東西。周全一些，沒有壞處。」她給了她一個眨眼，「以前是不是有過不少表演？妳剛剛提的這些東西，都很實際，也很顯效果，感覺很有經驗。」

「表演……是有過，但更多的是觀摩。」宋云婄闔上自己的筆記本，抱在懷裡，「我喜歡看別人的舞台。也可能是因為看久了，就對舞台有了一些概念。剛好這次……能夠用上。」

「我剛剛這樣聽下來，好像不只有一些喔、概念。」她打趣道，笑著的眼睛又更彎了點，而後她伸出手，小聲地說，「希望妳之後能有緣進入舞蹈系。我個人私心希望，妳的發光發熱，能在我們系上。」

宋云婄微愣，緩緩將手遞出去，握上她的。

「加油。祝福妳。」學姊留給她這句話，便告辭。

當她從表演廳出來，就碰上了老同學，也是這次的工作人員，只是是行政組的，而她是表演組，但不妨礙兩人的交情來往。她喊住她，「尉媛？終於培訓回來啦。」

「又不是去三年、五年，就去一個月，什麼終於。」她笑。那人隨即湊過來，「怎麼樣？歐洲如何？好玩嗎？」

「我又不是去玩的，」齊尉媛讓她抱著自己的手臂，兩人一起往樓梯的方向去，準備慢慢走下樓到系辦，「晨練、基本操、部位加強、表藝實務、晚課，從早忙到晚，不是體力透支，就是時時在腦力激盪，那邊的老師又很嚴格，不如妳在舞團還能偷個閒。」

「妳又知道我偷閒？」

「妳上傳在 Instagram 的照片我可都看見了。」

「妳那邊的小夥伴也有幫妳拍照啊，美美的，各種側面美姿美顏，又專心又專業，我們系群那陣子天天火熱著呢。」

齊尉媛：「……這能一樣嗎？」

「當然不能啊。」她嘿嘿地笑了兩聲，又嘆口氣，「不是說欲戴王冠、必承其重嗎？培訓雖然苦，但也是人人羨慕。沒辦法嘛，現在我們系就靠妳撐著。仔細想想，從高中到現在，也就只有妳最低調，一瓶水啥聲音都沒有，好在去年開始進團，表演也跑得勤，妳也算是嶄露了頭角，連粉絲團都有了，雖然妳也不太當回事，照樣低調。反正，妳在我們系早就從高三的舞展就紅起來啦，妳不怕沒人愛。」

她忽略後面那些話，只對一個關鍵詞有疑惑：「一瓶水？」

「別人都是半瓶水響叮噹啊。」

「噢這樣。」

「妳也別太難過了。」她忽然說道。

「嗯？」

「進來舞蹈系後，不改初心的人能有多少？一開始初心就不大對的又有多少？混日子也好，嘗到名譽的滋味而改變也好，所以……妳別太難過，好好堅持妳的路，看著妳、我的心至少還能舒坦點。」

齊尉媛的視線移向樓梯，兩人下了一階又一階，她才又揚起笑容，「我剛剛，在表演廳跟著舞台的準備工作，聽那些孩子的舞台設計和細節，聽著聽著，有一個孩子竟然讓我有『如果她能進來我們系就好了，應該會很棒吧』的想法。她的眼神很亮，筆記本寫得滿滿的，構思很厚實、表達很細膩，似乎對舞台很有經驗，將舞台能提供的效果都運用到了。我很期待她。我認為，她應該不比大學部的學生差。」

「……連妳都毫不吝嗇地表達期待了，」她非常認真地說，「那孩子應該會進前五名吧？」

齊尉媛漸漸斂起笑，當她們終於下到了系辦所在的樓層，她才默默說了句，「但願如此吧。」

／

宋云412從表演廳出來時，正好敲下課鐘，正是中午吃飯時間。她回到教室，拿著自己的便當下樓，到E班去，找嚴昕和尹赫允。雖然分了班，他們還是彼此課業的互助小組。

然而，她沒想到，今天秋喻也在。

她一身深藍色系的制服在普通科也算搶眼，又是在男生居多的理組班，一時間許多眼神都看過來，但秋喻旁邊坐了兩位男士，自帶護花屏障，使得那些眼神只是觀望，並未唐突。

而秋喻一臉嚴肅，正在看她手裡的考卷，時不時就往嚴昕身上瞧。

宋云412一見到她，便笑道，「小喻來啦。終於。」又看見她的表情，又一頓，「怎麼了？」尹赫允帶著不明意味的笑，安靜吃他的飯。

宋云412拉了張沒人坐的椅子坐下來，去看秋喻手上的考卷，瞥見分數，以為是她的數學考卷，「小喻妳的數學考卷依舊——」「不、不對啊，這是國文考卷呢，她又往上一看，「嚴昕？」

秋喻抬起眼，「你怎麼就跟韓愈熟不起來呢？從高一到現在呢。唐代中期的作家——」

「韓愈不是戰國人嗎？」

「那是韓非。」

嚴昨：「……」又，「那韓非子是誰？」

「那是韓非寫的書。」

嚴昨：「……」

宋云婼聽了，不厚道地笑出了聲，「好久沒看到小喻把嚴昨堵得一愣一愣的啊。接下來是不是要換尹赫允啦？」

「這張我考七十。」

「拿過來吧。」秋喻對他笑，是那種不安好心眼的笑。

換尹赫允笑不出來了。

不過，秋喻倒是沒有把他「折騰」一頓，只是徵求了尹赫允的同意，讓她把嚴昨自己檢討後還不懂的題標在他的考卷上，「回去我傳語音到群組，你們再去聽吧。太多了，這一時半會兒說不完。」宋云婼眼睛頓時亮起，「我也要。我們的國文考卷相同！」

「嚴昨不會的題幾乎全部，妳要的題應該不會漏。」

宋云婼：「噢。」

嚴昨：「……故天將降大任於斯人也，必先苦其心志，勞其筋骨，餓其體膚，空乏其身，行拂亂其所為，所以動心忍性，曾益其所不能。」秋喻趁機問，「這文章是誰寫的？」

「告子？」

「……受到傷害，想吃巧克力。」秋喻看向尹赫允。

「先吃飯。巧克力晚點才能吃。」

秋喻：「……」

宋云嫣看著他們三個，剛剛因為遇見那位學姊的好心情又更加蕩漾。

真好，秋喻又漸漸開朗了起來。

真好，尹赫允的笑容又多了些。

真好，嚴昨今天也在她的身邊。

六

這一晚，宋云嫣將她所編的舞從頭到尾、包含進場到結尾動作，搭配著音樂，跳給嚴昨看。嚴昨看得很專注，不讓自己錯過任何細節。一直到宋云嫣在他眼前謝了幕，他才終於露出笑容。

「很好。」他望著她道。

「真的？」她驚喜地笑問，面頰因為剛跳完舞而微微泛紅，惹得他心下一動，在她坐到他身邊準備要喝水時，伸出手背，輕蹭了蹭他覺得好看的紅潤。宋云嫣瞬間定格，耳邊聽見他的笑語，「真的。」

她抿起唇，努力壓住笑容，佯裝若無其事地轉開瓶蓋，認真喝水。他看著她，眼神裡一直有笑意，「音樂都是妳親自接的？」

「當然啊。」

「很好。」

「又是『很好』啊？沒別的形容詞了嗎？」她的眼珠子左右轉動著，盡是淘氣樣。她知道，她這舉動算是得了便宜還賣乖，但眼前的人是嚴昕，她就忍不住，小小地調皮了一下。嚴昕將她的表情變化盡收眼底，倒是樂意讓她這般，手自然而然地撫上她的頭，「很喜歡。也很合適。」

她被他的大掌一碰觸，人又再次定格。這一次，眼睛還不爭氣地眨著，看起來一點都不淡定。嚴昕識趣地笑，手落下來又捏捏她的臉頰，「小女孩。」

這聲「小女孩」，讓宋云婄有種被他憐惜和疼愛的感覺。

還有點……甜。

她偷偷抬眼去看他，卻和他的視線撞個正著。他挑起眉，笑得很好看。宋云婄忽地被自己嗆了一下，咳著嗽，掩飾似地道，「我、我們今天就早點回去？一起吃完晚餐就回去。」說完，自己就先站起身，拿過自己的書包。

嚴昕隨她一起，並幫她拿著她顯然忘記了的外套，跟在她身後。他們走上紅磚路，走在她之間和他說過的、她很喜歡的兩側路燈之間。走著走著，宋云婄的腳步慢了下來，緩緩和他並肩。又走著走著，兩個人越來越慢，卻越來越近。再走著走著，她的手便默默拉住他的，然後牽在了一起。

下一秒，嚴昕主動將他們的手變成十指交扣。

宋云婄看都不敢看他，只會低頭，眉眼有笑意。她想著：終於做到了。這是她，一直想做的事情……

然而，她似乎太高興了，不記得先前的經歷，又偷偷抬眼看他，果然、又被逮個正著。她趕緊轉回來，暗自在心裡嘀咕：他今天晚上好像總是在看她？

沒錯，他總是在看她。今晚的嚴昕，注意力都在她身上。

當她立在玻璃牆前、立在他的面前，隨著音樂開始播放，她的表情瞬間改變，沒有一絲表演以外的情緒。節奏漸密，隨著她的舞步輕盈，她整個人融入進她所要表達的故事裡，時而活潑靈動、時而悲傷動人。她的肢體、她的表情、她的眼神、她視線的方向，都帶著情感、帶著內容；她一次的旋轉、一次極盡體態的伸展、一次收起所有氛圍似地使人感到時間虛空靜止的收縮張力，都充斥著情緒、令人為之專注。

而在謝幕的那一刻，她臉上的笑容完全綻放，眼裡的光非常迷人。

他便如此看著這樣的她，目光捨不得移開。

嚴旿輕拉下她的手，停下腳步，她也隨之停下來。兩個人停在一個不起眼的轉角處。他指指他眼窩的地方示意，「把眼睛閉上。妳這裡有東西。」

宋云娮不疑有他，聽著他的話，將眼睛閉上，隨後，她感受到一股溫熱的柔軟印上她的眼皮，而他的氣息離她很近。宋云娮的心跳頓時變快。他一隻手還牽著她，另一隻手攬上她的腰，微微使力，抱住了她。他的唇緩緩退開。她睜開雙眼，仰起頭，第一次克服害羞，直直地對上他的視線。

在他的眼裡，她看見了濃濃的笑意，還有……眷戀。

他的聲音輕而溫柔，「云娮，我很心動。」他又輕吻她的額頭，而後唇落於她的鼻尖，最後抵在她的嘴角邊，很近，宋云娮下意識低頭，鼻尖就蹭了下他的臉頰，「唔」了聲。嚴旿輕笑出聲，索性將就她的動作，將唇貼上她的耳朵，聲音更沉了些，「妳相信嗎？云娮，妳的眼睛裡有星星。」

普通二E。

這算是第一次，尹赫允和秋喻一起留晚自習。以往，秋喻還在普通科的時候，他們是各自回家念書，秋喻轉到法律系後，常常要忙報告，回家時間不定，她便要尹赫允自己回家，別等她，他拒絕、她就生氣。

而自從秋喻將書放在他房間、並大致放棄寫作之後，她的心態越來越穩定，面對尹赫允時，也好似回到了一開始的樣子。沒有報告要討論的時候，她會找他一起回去；偶爾會晚一點時，尹赫允說要等她，她也不會不讓。

而今天，秋喻在打掃時間的時候傳了訊息過來，跟他說她今天必須討論報告，一時半會兒解決不了，她又有兩科專業科要考期中考，想留校念書，問他要不要跟她一起留晚自習。

尹赫允說沒問題。兩人就敲定，秋喻的報告結束後，到E班來找他，兩人就在E班自習。二E自習的人也不少，但終歸還是有空位可以讓秋喻坐，至少嚴昕的座位是一定可以借她的。

就這樣，尹赫允寫著他的數學講義、英文練習卷，秋喻翻看著她的專業書，時不時記上筆記，彼此專注著。秋喻讀到後來，覺得有些累，打了一個呵欠，正想跟以前一樣拿杯子去沖咖啡，旁邊一隻手就伸了過來，掌心上是一顆巧克力。

她看向他，他頭也不抬地，「吃掉，然後休息十分鐘。喝水就好，不要喝咖啡。」她沒有動作。尹赫允抬頭，沒問她怎麼了，而是把巧克力收回來，拆好包裝，又遞過去。這次是遞到她嘴邊。

他們教室的座位本就離得近，尹赫允這樣的動作一點也不費力，做得自自然然，所幸他們坐在最後一排，不然惹人注目，影響不好。

「……我不是要你餵的意思。」他沒理她，而是長長地「啊」一聲，示意她開口。秋喻知道抗議無效，乖乖地把巧克力叼走。尹赫允將包裝折成一個小正方形，壓在他的桌墊下，打算等等再丟。

秋喻吃完巧克力，沒等尹赫允提醒，自己就自動休息，趴在桌上，側著頭看他。直勾勾地，他想忽視都難。他側頭，挑起眉，「怎麼了？」

秋喻搖頭。她的臉埋在手臂裡，只露出眼睛，有些彎度，好似在笑。他的手往她的髮上一揉，也笑了，低聲叮嚀，「眼睛閉上休息。」

秋喻就著趴著的姿勢，拿起便條紙寫了一行字，拿給他看：我要是睡著了，你揹我回去嗎？

尹赫允很快遞了回來：揹。

最後，秋喻當然沒有睡著，休息十分鐘之後，她就回到讀書狀態，把今晚規劃要讀的進度結束。近十點，他們從學校出來。

秋喻這時才把想說的話說出來：「我休息的時候你不是問我怎麼了嗎？」

「嗯。」

「那個時候，我是在想，你人太好了。這是真心話喔。」她輕笑，「明明之前對你那麼壞，你還對我這麼好，要是我啊、我早就不理人了。現在想想，真的很謝謝你，讓我還有一個地方……可以回去。其實，我今天特別不想一個人待著，不想一個人待在那個二十四小時開放的自修室，不想一個人搭車，不想一個人走回家。莫名覺得，又是一個人度過今天晚上的話，好像、明天就永遠到不了的樣子。」

如果沒有尹赫允，現在的她會是什麼模樣？

秋喻不願想像。

「我之前受傷的時候，也對妳很壞。但是，妳並沒有不理我。」他說的是他出事那一年。「況且，讓我不理妳，比妳兇我，更讓我覺得難受。秋小喻這麼會亂想，要是又傻了怎麼辦？秋小喻明明這麼幼稚，但又要假裝自己很成熟，怎麼辦？秋小喻過個馬路都會緊張，我不在的話，怎麼辦？妳看，我隨便想想就有三個問題了，妳讓我不理妳啊？」

「我哪裡幼稚了？」她避重就輕。他沒回答，只是笑，然後拍拍她的後腦勺。

他們走到捷運站對面，準備要過馬路時，秋喻習慣性地去抓他的衣角，尹赫允卻撥開她，將她的手納進自己手裡。秋喻看著他們相握的手，一時發懵，而後便聽見他的聲音傳來，「牽著。以後都牽著。」

聽見這句話，她抬頭去看他。他的臉上沒有笑，只有認真的神色，而眼神深沉。忽然，一陣風起，她的頭髮被吹起，遮擋住她的臉，他伸手替她撥開，勾在她耳後，他的動作很慢、很輕，溫熱的手觸碰到她的耳廓，讓秋喻的心一盪。

尹赫允望著她的眼睛，「妳不幼稚，但我就想護著妳。」

尹赫允不願告訴秋喻，在她離開之後，她曾經非常喜愛的世界發生了什麼。他不願告訴她，在她悄聲無息地走後，漸漸出現過幾個留言，問她發生了什麼事、問她何時會有新的作品、問她什麼時候再回來；也有過幾個留言，是一篇長長的心得，是關於故事的細節分享、是希望她繼續創作。

她在時，這些關心少有出現；她走後，那些挽留都成無謂。

他曾經心疼她，如此辛苦地打了這麼多字，得到的卻如此單薄。至今，她有人惦記，他卻希望，她不再回去。

有些快樂，只有夢想能夠給予，然而，有些快樂，比夢想更踏實，也更豐富。赫塞寫過：一隻鳥出生前，蛋就是牠的世界，牠得先毀壞了那個世界，才能成為一隻鳥。

秋喻一定知道的。他也相信，秋喻經歷過的疼痛，或許會讓她因為那些留言而感到安慰，但也不會再耽溺其中。

走出來，終究和走不出來的時候，有所不同。

於是，即使這個世界尚在變化、他們的路途仍是長遠無盡，他想在她緊張害怕時，牽住她的手；在她受寒時，溫暖她；在風起之際，同她一起，乘涼抑或流浪。

於是，就想護著她。

如她所說的，讓她還有一個地方，可以回去。

七

宋云婼這一陣子疑似感冒的症狀，漸漸變得嚴重，低燒的溫度常常徘徊在三十八點一度到三十八點三度左右，吃了成藥，勉強降到三十七點一度，但過幾天又會過三十七點五度。就連彩排的時候，她也是綁著鬆垮垮的低馬尾、額頭貼著退熱貼就上場。

宋云婼結束彩排，回到後台，碰上了齊尉媛。她認出她，打了招呼，「學姊。」齊尉媛輕蹙起眉，「還好吧？去看過醫生了嗎？」她搖頭，「以前常這樣，除了發燒也沒有其他症狀，沒關係的。可能是緊張了吧，離比賽的時間越來越近，心裡緊張，身體也就有比較大的反應。」

「身體要調適好。不要為了一時逞強，讓自己在上場當天撐不住。」她語重心長地說。其實她特地到後台來，就是為了瞭解她的狀況，也是想要和她說：「剛剛的彩排，很好看。」宋云婄揚起笑，「謝謝學姊。」

由於後台還有人要準備，齊尉媛不好多待，只好拍拍她的肩膀，而後先行離開，讓宋云婄去忙碌自己的事。宋云婄摘下胸前的名牌，去找負責全場錄影的工作人員，領自己剛剛彩排的影片檔案。終於回到觀眾席上後，她也沒有提前離開，而是坐在角落，看著別人的舞台。

基本上，大家的彩排都是比照正式上台的規模，服裝、妝髮、表情、動作，都力求完整、到位。這樣看下來，還真只有宋云婄一個人，穿著學校運動服、髮型隨便、素顏、額頭上還貼著退熱貼，就這樣彩排。唯有動作還稍微到位些，但也是讓人起不了什麼競爭心。

她看著看著，不禁想：剛剛學妹為什麼她的彩排很好看呢？跟大家比起來，她的模樣，糟透了。

宋云婄維持著半是觀看、半是愣神的狀態直到彩排完全結束。舞台的燈暗下來。她隨著工作人員的指示聲走出表演廳。走廊上，冬日的風吹來，讓她有些發顫，她的手掌按著胸口，安撫著自己忽然加速的心跳。

怦、怦——怦、怦——

「可以的。會好的。不怕啊。不緊張。」她喃喃自語。突然地，身旁出現一個人把她用毛毯裹起來，像是小紅帽一樣，還在她領口前繫了個蝴蝶結。嚴昕瞧了瞧，很滿意，「這樣可愛多了。」

「平常就不可愛嗎？」她還按著胸口，倒是沒有嚇到的樣子。

「強撐著不去看醫生的人能有多可愛？嗯？」

「再一個星期——」

「我今天晚上就要帶妳去看醫生了。」他的神色認真，「聽我的，去看醫生，吃藥，睡個三天，身體就好了，這樣妳就還有四天的時間可以練習。不去，妳就要用這樣的身體強撐到比賽當天，就算不垮也不會穩。」

「我──」

「身體不好，心理狀況也會不好。云婄。聽話。」心理狀況。這個詞打動了她。她現在最擔心的，就是她的心理狀況。

「好吧……可是，萬一吃了藥反而整個發作起來怎麼辦？」

「妳不吃藥就不會發作？」

好吧，都是概率問題。

三天過去，宋云婄什麼感冒症狀都沒有了。雖然如此，但她的情緒並不高。

她還是緊張。

不過，她並沒有表現出來，在嚴昨面前也沒有。好似這是她的小秘密，也是她的逃避。只要不說出來，就不會發生；只要不被別人知道她緊張，她也就不用面對她的緊張。

五天後，星期二。舞蹈大賽正式登場。

CR學生組參賽者一共二十名，不同於其他校外組別有預賽的制度，他們一次表演便定了生死。

秋喻他們三個人拿著宋云婄給的票，進到表演廳，挑了個還算中間的位置坐下。嚴昨坐在邊上，環視了下場地，評點了句：「比想像中的小。」

「聽云婄說，這是舞蹈系提供給系上學生發表作品和個人公演的場地，好像還有分A廳、B廳、C廳，這是B廳，還不是最大的。而畢業展或大型舞展都是到外面租借地方。」秋喻隔著尹赫允同嚴昨說道。發表作品和個人公演用的，嚴昕想了想，換了個說法：「那這場地也挺夠的了……」

秋喻靠上椅背，輕嘆一口氣，「怎麼辦，好緊張。我都這麼緊張了，云婄是不是更會緊張……？」尹赫允偏頭看她，向她伸出手，而手心向上，「借妳嗎？」

「這、這不用牽吧？」

「不要嗎？」秋喻視線轉向前方，默默把手放上去。

「她可以的。」他的聲音在身邊。秋喻也點頭，呢喃著：「她可以的。」

後台。

宋云婄一身黑衣黑裙，特別的是，她上身為一字領的樣式，袖子是寬大的喇叭袖，也因為露出鎖骨，她請化妝師在鎖骨上畫上花紋，是黑紅相間的藤蔓與玫瑰，蔓延至肩頭。她的臉上也已經完妝，妝效並沒有像服裝的風格那樣強烈，而是以素淨、有氣色為主，唯一的亮點便是她眼尾邊的葉片花紋，同樣是黑色。

此刻，面對鏡子，她久違地，將頭髮高高束起，綁成馬尾。俐落的頸肩線露出來，宋云婄的表情已經有些變化。她看著鏡子裡的自己，心裡生出了焦慮，卻也生出了渴望。

這一頭長髮，曾經是她的依託，也是她的傷口。

一個舞者，一個表演者，頭髮亦能展現出舞台效果，於是她們都被要求過，不能輕易剪去頭髮。在舞蹈系學生們身上看見的包包頭，也曾經是她的日常。然而，在那些都成為過去式之後，就變成了她無法觸及的軟肋，每當綁起頭髮，便好像回去了那個時候。但，沒有辦法回去。於是，頭髮成了自己莫名的心魔，可她也無法毅然決然地剪去，如同她難以毅然決然地放下。

外面的掌聲響起，陸續有人上台。

總會輪到她的。

「那是未來的事，妳怎麼看到？妳會通靈？」

「云媗，那都是妳自己想的。」

她的眼眶微紅，手壓上胸口，緩緩吐出一口氣：「不怕。宋云媗。妳可以的。妳只是要一個答案。」

她同鏡子裡的自己說道。

「下一位參賽者，普通科，二年C班，宋云媗。作品名稱：身陷未明。作品簡述：」作品簡述由參賽者提供，可長可短，亦算入整體分數中。主持人在舞台邊，用著溫柔的聲線：「光與影，我與未知。這是我在黑暗中，所看見的。」

語落，宋云媗緩步上台，站在舞台正中央。所有光線都集中在她身上。她垂目靜待音樂。一身黑色，有別於前面表演的鮮豔繽紛，好似將場子沉澱下來。

滴答、滴答、滴答、滴答——

滴答聲從表演廳各處的喇叭傳出、而後漸大，燈光暗下，她也隱身於黑暗中。

喀擦——

是剪刀剪斷東西的聲音——

光與影，她與未知。這是她在黑暗中，所看見的。

她的舞台，開始了。

八

宋云嫿上方的燈光亮起，微弱的一束，是全場唯一的光源。是她的世界、評審的世界、觀眾的世界，此刻的，唯一的光源。

她隨著漸進的音樂旋律起舞。

她的步伐，從一開始輕盈、柔和，到後來急促、強烈。她的表情，從臉上有笑，進入焦躁驚恐，而後悲傷難言。她的肢體，有輕有重，曾放到最大、也曾收到最小。

她只是想說個故事。說個，她曾經經歷，現在也正在經歷的故事。

在編舞時、在彩排時、亦在此時，她想起尹赫允平常的若無其事，然而，他卻在去年夏天，在跑道上、用盡所有力氣、去接近他想要的東西，他面上的疼痛與失落的表情和身影，宋云嫿忘不了；她想起秋喻和她談及書本故事時的眼睛，然而，就在那一天，一句現實，就此掩埋了那雙眼睛，她說過的話與眼眶裡隱含的水光，宋云嫿忘不了；她想起喝著香蕉牛奶的嚴昕、有時鬧脾氣不想背書的嚴昕、對著她笑的嚴昕、給她唱歌的嚴昕，然而，她也想起，黃昏時在走廊上遠眺沉思的嚴昕、夏天時在河畔旁靜默的嚴昕、夜晚時讓自己走進他的懷抱的嚴昕，宋云嫿忘不了。

——黑色讓人沒有雜念，也沒有渴望。

腦中是嚴昕的聲音。而耳邊的音樂聲停下。

又只剩下開場時的滴答聲。

滴答——滴答——

舞台上的宋云婄將雙手向前伸去，轉而又收到自己懷裡，她向左邊奔去，又向右邊奔去，猛地，她像是面對著無形的巨人，面上有害怕的情緒，視線緊盯著那一片沒有打光的黑暗。她一步一步地退，退到舞台正中央，低頭看自己的手。她懷裡的手握緊、又鬆開、又再度握緊，而後，她緩緩將自己的身軀往她的手靠近，卻又想反抗似地往旁邊歪斜，又再度靠近，以這樣的方式不斷地將自己縮小。

滴答聲停止。

舞台周邊的燈光全亮起。

一、二、三、四——

宋云婄緩緩直起身子，手想要抓到什麼似地往上延伸，她的眼神跟著，其中有迷惘，也有渴望。

音樂再起，舞台上的人開始旋轉，她的速度越來越快，姿態卻依然穩定。

她旋轉著，身上的服裝也隨著慣性微微飛揚起，而她的黑色裙擺在旋轉中隱隱透出紅色的布料。表面是黑色的裙子，其實還有一層紅色裙子的設計，可以在旋轉時、或者跳躍時被看見，是隱隱約約地、若隱若現地，和黑色共存。台下的齊尉媛看見了，她莫名相信，這是宋云婄有意為之。

是她想說的話。

她像是要說，即使身在黑暗中，亦有熱烈的情感、火紅的燦爛。

在面對時間的逝去與到來時、在未知之中搖擺不定時、在面對黑暗的恐懼時、在渴望與不能渴望之間不斷縮小自我意識與自信時，在那些時刻，有光這麼落下來，落在自己面前、落在自己的世界，聽得最清楚的、其實是心裡的聲音，而當心裡的聲音與外界的碰撞在一起，混亂、迷失、衝撞、令人暈眩的窒息感，那片濃郁深沉而未明的黑色裡，仍有著熱烈的紅色，仍有自己最初的渴望與初衷。

光與影，她與未知。這是她在黑暗中，所看見的。

這或許，就是成長本身。

齊尉媛看著不斷旋轉的宋云婄，竟有些鼻酸。她可以感受得到，她灌注在這些動作裡的感情。這對她而言不只是場比賽，而是她當下、此刻，唯一的一切。

不是表演，而是生命。

她看著她緩下動作，音樂聲漸弱、雨聲響起，她將舞台漸漸結尾。

齊尉媛也終於落下眼淚。

不是表演，而是生命。曾經的她，也是這般。而自己走了這麼久，在不知不覺間遺忘了那個最初的自己，是宋云婄讓她再度想起來。台上的人謝幕的這一刻，很多疲倦，都像是被洗淨了一般，讓齊尉媛重新看見她專注的道路上，那些迷人又純粹的東西，比前途、名利、業界更珍貴的東西。

／

比賽結束。

齊尉媛跟在教授們後面，在走到大樓正門之前，終於鼓起勇氣，「李教授，請等一等。」她聞聲，停了下來，「妳有話要說，對吧？」

齊尉媛看著這個自己很親近的教授，眼眶有些紅，「教授，結果……能不能請重新考慮？我認為有更好的人，值得這個名次。」

「尉媛，已經確定的事、公告的事，公開公正，不容易改的。妳在評審會上也提過異議，但也無用，不是嗎？」

齊尉媛想起她坐在邊上時，擔任評審的教授們說過的話。

——這個基本功很好。中規中矩的，可以訓練起來。

——她做了很多高難度的動作，熟悉很多技巧，有些芭蕾的底子。

——不，尉媛，我們覺得有更合適的人。

——她？我們在她身上看到了對舞台的不自信。舞蹈系，不能對舞台沒有全然的自信。一點不自信都不行。

那時，她反駁道：「她只是少了一些舞台經驗，不熟悉才會這樣。而且，就連在不太自信的狀態下表演出那樣的舞台，這孩子是有潛力的。」但她得到的回答是：「或許她之後會更好，但現在，我們眼前有比她更自信的孩子。」

「……這就是我待的地方嗎？教我們在舞台上要有最基本的熱情的人，把有熱情也有才氣的人淘汰掉？我們的眼光為什麼這麼短淺呢？我們系……最不缺的，就是跳得好、有技巧的人。」她看向眼前人，「只是會跳舞有什麼意思？沒有內容、只有技巧，沒有思考、只有賣弄，我們系的靈魂，要這樣被磨平嗎？我們就這麼在意外界的評價嗎？我們就這麼執著要與外界相同嗎？我們就這麼需要迎合外界的喜好嗎？我們連等……都不能等嗎？」齊尉媛把口氣緩下來，「經驗是可以累積的，而才情卻是強求不來的，您難道，不知道嗎？」

「宋云婄對嗎？妳想支持的孩子。」齊尉媛輕點頭。「我知道的。但是尉媛，我身為教授，被選為評審之一，我有投票權，而我看中的人和妳相同，妳知道嗎？可是，這改變什麼了嗎？這是一個多數決的決審會。」

她斂下眼，忍住她的眼淚，「幾年前，您若沒有向所有的評審老師堅持，就不會有現在的我。當初的齊尉媛，也是對舞台、對自己不自信的人，只憑著一顆有熱情的心就上了台，以為那是自己最後一次跳舞。」

齊尉媛看著李教授，眼神裡有無助，也有茫然，「這是運氣好壞的問題嗎？我不願意這麼想。可是怎麼辦？她到底哪一點不夠？我為什麼幫不了真正適合的人呢？當我發現我身邊的人都在混日子、混畢業，而真正有熱忱的人卻進不來，我總忍不住想，我在這裡做什麼？某個人的一念之差，可以這樣改變一個人的人生軌跡，可那『某個人』，卻無法是我。」

李教授輕嘆口氣，「尉媛，妳還太年輕，妳的心……還太熱了。幾年前的我也是。雖然，現在的妳，證明了當初的我並沒有判斷錯誤。可是，尉媛，如果藝術可以這麼純粹地就活下來、憑著熱情和才氣就可以走下去，妳覺得，為什麼還有這麼多人放棄他們所夢想的藝術，去上班、去兼差、去妥協？在這個世界裡，是無法獨善其身的。妳以後會明白。我也希望，妳能將妳現在這些埋怨、這些熱度，好好記著，然後在未來，試著、去實現它。」

九

宋云婄慢吞吞地在後台將妝卸完、將鎖骨的花紋擦乾淨，換回普通科的制服，連頭髮也綁成低馬尾，斜在一側。她並不是想那麼快就走出大樓。然而，大家都陸續離開，她也不得不跟著人群走。她走在最後。

終於走到大樓門口，夕陽的餘暉灑在門外的階梯上，襯得室內的陰暗更甚。她剛走到外頭，就有個人叫住她，「宋云婼同學。」

她認出是剛剛的評審老師之一。

她走到宋云婼面前，「我很喜歡妳的『身陷未明』，情緒的表達很到位，內容也深具意義，作品簡介很簡潔，讓人對舞蹈、對作品有更多想像和詮釋的空間，這一點細節，我很喜愛。以及服裝，很有巧思。我希望妳……不要放棄舞蹈這條路，雖然這次沒有進入到前五名，但之後也還是會有機會的。很多人都是熬過來的。我很看好妳。」

「老師是說，只要堅持跟努力，總是會有機會的，是嗎？」

「是。」

宋云婼微笑，像是不知道自己的淚水早已滿溢眼眶，輕點著頭，「謝謝老師的喜愛和鼓勵。」

她的話已說盡，她也明白她的心情，便先離開，留給她空間。

宋云婼留在原地，笑容漸褪，眼淚落了下來。

——只要堅持跟努力，總是會有機會的。

這句話曾經給她無數希望，可現在，起不了任何作用。也有可能沒機會的。許多人都是的，比想像中的多。而這後半句話，很少人說。

堅持跟努力，其實永遠都不夠。不夠的。

她低頭抹掉眼淚，卻有越哭越兇的趨勢。

她忍不住想：

宋云婠，真正的玫瑰，開出的第一朵，就是玫瑰。

要努力祈禱不讓自己變成雜草的人，終究，還是雜草啊。

十

「是我貪心了。我不想只是做到，而是想要、能一直做下去，做到最好。我以為，總要度過辛苦的時候，才能有結果。卻沒有好好想過，自己或許，只是雜草罷了。」

第四話 E・M

一

在門口哭了一小會兒後，宋云婼終於止住眼淚。哭完的同時，她的心也好像暢通了似地，很平靜，和剛發表結果後那種難受的感覺截然不同。或許是因為早有心理準備，也或許是因為沒有抱太大的期待。宋云婼把髮圈扯下來，套在手腕，隨後撥了撥長髮，讓它們都散在後背。她緩緩吐出一口氣，拍拍臉。

結束了。她同自己在心裡說道。

她下了階梯，打算回教室收拾書包，轉過彎，就看見嚴昕手上拿著奶茶，人靠在雕像旁。在她看見他的幾秒後，他的目光碰上她的。兩人相望，是他先有動作。宋云婼看見他直起身，朝著她、將雙臂打開，她的眼睛頓時又熱了。她走過去，走進他的懷裡。

「這一次又是我自己跑來的。」她手環上他的腰，聲音悶悶地響起。嚴昕回抱她，把她整個人都罩起來，手撫著她的頭髮，一下一下，「妳一直都比我勇敢。」

「別哄我啊。」她抬起頭看他。

「不是哄。」他鬆開她，將奶茶遞到她手裡，「妳喜歡的。給妳。順便暖暖手。」然後嚴昕便轉過身，蹲了下來。宋云婼一時愣道，「這、這是幹嘛呀？」

「上來，我揹妳走一段。」

她睜大雙眼，「不好吧？」

「乖。上來。」

「……你是不是心疼我啊？其實不用心疼的啊。」嚴昕轉過頭，「我就是想疼我的小女孩，妳不讓嗎？要親了才可以？」

宋云婼：「……」她這是被威脅了？被一個長得好看的男人用這樣一個真摯的表情？

最後還是趴上去了。

她一時間尷尬，沒話找話地，「我現在是不是很醜？哭得眼睛紅紅腫腫的，說話的聲音也不好聽，鼻音好重。」說完，她還吸了吸鼻子。嚴昕側過頭，「我看看。嗯？奇怪，哪裡醜？我看著挺漂亮的啊。」宋云婼噘起嘴，下巴靠在他的肩膀上，嘟噥著，「又哄我……」

嚴昕微笑，將視線轉回前方，「我真的覺得好看。」

他們就這麼走了一段，而她望著他的側臉，心下一動，攬著他脖子的雙手又抱得更緊些。她把臉頰靠在他的頸窩，暖暖的，讓她很依賴，「其實，我覺得這樣也挺好的。不會再患得患失，也不會再有『想當初』、『早知道』這些想法，我去做了、也失敗了，那種鬆一口氣的感覺有點妙。我也有想過，如果真的成功了、得到轉系的機會，有了壓力之後，我是不是有一天會開始討厭跳舞呢？就是會有因為跳舞而感到幸福，卻也因為跳舞而感到痛苦的……循環？

「只要我還跳著、還把這件事當作生活的重心甚至是全部，應該都難以避免吧。現實跟壓力，任何人都沒有辦法逃掉。我媽媽跟我說，興趣如果只是興趣的話，一切都會簡單很多。我……不知道，現在的我也只想把跳舞當興趣。我已經得到答案了，也不想去驗證答案的對錯，要是去計較，那對的答案究竟是玫瑰還是雜草呢？對的，就一定是我的嗎？雜草，不也是有一生可以去成長嗎？

「小小雜草，不像玫瑰有刺，比玫瑰更柔軟，雖然平庸、雖然可能被踩踏、雖然可能負著傷……然而，我們怎麼可能不受傷呢？」

她說著說著，就閉上眼睛，人在嚴昨背上完全安心了下來。

許久，嚴昨的聲音傳來，「每一個人都會是玫瑰，也都會是雜草。一生，會有被踐踏的時候，也會有得到全心全意的灌溉的時候。總會有人，喜歡此刻的妳，不論妳覺得自己做得好，或是做得不好，在某些人眼裡，妳已經有了光芒，妳的存在，會讓他們覺得幸福。云姞，不要忘記，妳始終都有讓人覺得幸福的能力。」

宋云姞慢慢睜開眼，覺得嚴昨這時候又是比她年長五歲的大人了。而她像是被他的話所觸動，又像是被迷惑，讓她不自覺地問，「嚴昨，你究竟，為什麼會回來台灣？」

嚴昨回望她，想起前些日子這雙有光的眼睛、至今卻變得黯淡平靜，這也讓他想起，他曾經目睹一樣的光、而後變得一樣的黯淡，最後被熄滅。

眼前的女孩十七歲。現在的嚴昨二十二歲。

那時的女孩十九歲。那時的嚴昨十八歲。

他忍不住想，人生，是不是會這樣不斷地向前同時也不斷地回溯？

而自己究竟，留在了哪裡？

「……因為，我不想長大啊。」

「有了壓力之後，我是不是有一天會開始討厭跳舞呢？就是會有因為跳舞而感到幸福，卻也因為跳舞而感到痛苦的……循環？」

「重新得到力量之後，一直、都會再度循環回來，喜歡的自己、討厭的自己、喜歡的生活、討厭的生活，太多聲音了，太多了……」

「如果可以，我希望我不曾離開，就待在這裡，讓一切都不同。」

嚴昕將她揹到二C，給她時間整理東西，自己則回到二E拿書包，然後就在走廊上等宋云嫿下來。手上的手機突然震動，是電話打進來，上頭顯示的來電人是顧海。嚴昕沒想接，電話卻被切斷，然後又打了過來。嚴昕乾脆把手機丟回包裡。

「EM。」

一個無比熟悉的聲音從他身後傳來。嚴昕忽然頓住。

他的包還開著，裡頭的手機螢幕一直亮著，顧海的電話撥了一次又一次。剛收到消息要攔計程車的顧海放棄打電話，改成傳訊息給他，但嚴昕並沒有讀。

顧海不知道，已經晚了。

他身後的腳步聲越來越近，他知道逃不掉，只好緩緩轉過身，對上她目光。

嚴昕聽見她說：「EM，我終於見到你了。」

而當下，那封未讀訊息就躺在嚴昕的手機裡——

嚴昕，Ann到台灣來了，說是要見你，可能會找到你學校去。

「如果可以，我希望我不曾離開，就待在這裡，讓一切都不同。」

「EM，我終於見到你了。」

那時的女孩十九歲。那時的嚴昨十八歲。
眼前的女孩二十三歲。現在的嚴昨二十二歲。
四年了。過去四年了。
他不是EM也已經兩年了。

二

安昭妍面對著他，想微笑，卻只勉勉強強將嘴角揚起一個弧度。因為嚴昨的眼神很平靜，沒有溫度，像是在看一個陌生人一樣。這樣的他，讓她難過。

「EM，回韓國吧，回去公司，繼續走你的路。」

「那不是我的路。」

「你當初到韓國去，為的是什麼，我很清楚。不要因為我而逃跑。」他收回在她身上的視線，隨意看向旁邊的牆垣，「現在是現在，不是當初。」

「我跟你道歉。」她抓著自己的衣角，努力穩定著自己的聲音，「跟你說過那些話，對不起，把那些心情說給你聽、讓你難受，對不起。但那是我自己的人生，EM，你不用為我過不去。」嚴昨忽然笑了聲，聲音冷淡，「我寧願妳是不想唱歌才走的。Ann，兩年我給妳了，我空缺了。」

「……所以你就待在這？普通科？」

「普通科又怎麼樣？」

「你——」她頓住，頭猛然擺向一側，強忍著淚意，卻藏不住眼眶泛紅，「抱歉，我不是那個意思。」她低聲說，「我以為我可以冷靜地面對你，原來還是做不到。顧海說的對，你還是你，不管是EM還是嚴昕。而我依然不是我。」

其實，她剛剛差點就說出口了。那些不諒解、那些她的希望，希望他能帶著她的夢回到那個地方，把路延續，走得更遠更長。她差點就說出口了，這樣自私的想法。她有疼痛，嚴昕也有，不然，怎麼會回到這裡，不再唱歌、不再現身，一夕之間，EM成了一個謎，快速被遺忘，在韓國形同人間蒸發。

這樣的他，只願回到一個無人知曉的地方，成為一個普通科的學生，當一個普普通通的嚴昕。

「剛剛的開場白，應該要是『嚴昕，好久不見，過得還好嗎』，然後再問你，『重回學生生活有趣嗎』、『還喜歡唱歌嗎』、『偶爾還會彈吉他嗎』。不應該提EM、提韓國、提公司……我又搞砸了。」安昭妍說著說著，眼淚就滑落下來，然而，這一次她的微笑也終於成功。

她的手輕貼臉頰，將眼淚擦去，「我一直有個預感，如果我再不來找你，可能就來不及了。所以我來了。你討厭也好、覺得無言也罷，可以再見到你，讓我感到很慶幸。我先走了，我怕再待下去，我會說更多更自私的話。」

安昭妍低下頭，從他身旁走過，嚴昕忽地在她身後開口：「身體……還好嗎？」

她停下腳步，手不知不覺地緊握成拳頭，她側過頭，對著他的背影微笑。

沒有回答。

全程都待在樓梯間的宋云婼看著她經過自己，往校門口走了出去。她一時間不知道該怎麼做。

「不應該提EM、提韓國、提公司……」

EM，是嚴昕嗎？是……曾經的他？

宋云婄偷偷探頭出去，去看他，他背對著她的方向，頭低著，不知道在想什麼。她莫名地就心疼了他。

因為，嚴昕的背影看起來非常寂寞。

此刻，她什麼也不想了，她只是向著他走去，然後緩緩從他的背後抱住他，將臉靠著他，喚他，「嚴昕。」嚴昕回過神，看著環在自己腰上的小手，心裡一鬆，手便覆上她的，回應她，「嗯？」

「我在這裡喔。而你也是。所以不要寂寞，你的小可愛一直在你身後喔。」

他聞言一愣，才剛理解她說了什麼，腰上的手就縮回去，他下意識轉身，就看到宋云婄皺著臉，雙手握成拳頭、在胸前抖啊抖，邊哀號道，「噢，好肉麻啊。果然撒嬌不是我的風格，壞了我一鍋浪漫。」

嚴昕面對這情況不禁失笑。剛剛那些情緒倒是淡了。他從包裡掏出手機，將顧海的未接來電和訊息的相關通知都關掉，而後塞進宋云婄手裡。宋云婄不解，「嗯？」

「把妳自己的暱稱改掉。手機通訊錄和 LINE 的聯絡人都要。」

「改成什麼？」

「宋小可愛。」

一失足成千古恨的宋小可愛表示：「……」

而她也是看了才知道，原來她在嚴昕手機裡的暱稱叫「宋小朋友」。

跟小可愛是相差無幾了。

嚴昕看她一副欲言又止卻仍乖巧打字的樣子，摸了摸她的頭，「謝謝妳。」她抬頭望他。「謝謝妳告訴我，妳在這裡，而我也是。」

不是在難以自拔的過去，不是在構想中的未來，而是，這裡、此刻。

／

隔天下午的打掃時間，宋云婄見到了安昭妍。

更確切地說，是安昭妍在等她。

「嗨。」安昭妍和昨天的裝扮差不多，白T黑褲，臉上是淡淡的妝容，宋云婄哪怕只是匆匆看過一眼，也認得出來。不過安昭妍不知道昨天她的「旁觀」，很認真地向她自我介紹，「妳認識E——呃，妳認識嚴昕吧？我是他以前的朋友，我想和妳聊聊，可以嗎？或是等妳放學後，有時間的話……？」

要不是她昨天聽過他們的對話，應該會覺得眼前這個來路不明的人很奇怪吧？但不知道為什麼，宋云婄看著她，並不會覺得生份，或許是因為她很漂亮？

……這時候還顏控發作，自己沒救了吧。她在心裡嘀咕。而且還不知道她跟嚴昕什麼關係呢……

宋云婄腦袋轉著，卻忘了先給人回應，那一思一想而牽動的眼神也讓安昭妍誤會了她對自己似乎有「敵意」，她趕緊擺手，「我就是想問問他現在的生活怎麼樣而已，沒有要幹嘛。真的。」

……唔，這個姊姊意外地可愛啊，跟她這樣強勢的外表不太一樣呢。她又暗自想。不過這次她記得要說話了，「我們到那邊去吧，不然我們衛生股長會來抓我的。」

宋云婄把她帶到一棟跟二棟相連接的連接走廊上，巧妙地避開二E的位置，遠處的風景也算是構成了一個適合談話的地點。她經過昨天之後，大概知道嚴昕對她的反彈程度，打算先將他的近況告訴她，不過也不會說得太多太深，「嚴昕高一的時候和我同班，他雖然大我們五歲，但跟同學處得不錯，沒什麼老人家的架子。他……數理化挺好的，文科比較弱，現在在理組。」

「大五歲就是老人家嗎？現在在你們小孩眼裡，二十二歲就是老人嗎？」安昭妍的表情有些著急，顯然抓錯了重點。宋云韶一時間有些傻住，不小心把常跟嚴昕開的玩笑話說出來了……難道這姊姊比嚴昕大嗎……看起來很年輕啊……

她搖頭，「沒有，不是的，我只是常跟他這樣開玩笑，習慣了……」

「噢，唉，沒關係，哪有人不老的……」安昭妍笑了笑，「抱歉，我把話題帶歪了。我們是要聊嚴昕的。其實，我還擔心我這樣來找妳，會讓妳誤會。」

「誤會……？」

「妳不是他的小女朋友嗎？」

宋云韶：嗯……？被、被發現了？怎麼發現的？

大概是宋云韶瞪大雙眼的表情太過駭人，讓安昭妍下意識退了一步，「我昨天，有來找過他，看到他揹著妳，你們臉上的笑容都很幸福，嚴昕的眼神……很暖，我就猜，妳是他喜歡的人——噢等等，難道你們還在曖昧期嗎？還沒在一起？不、不會吧……」

安昭妍：難道……我壞了EM的好事？

「嗯，是女朋友沒錯。」宋云韶小聲承認。

安昭妍……呼，活過來了。

後來，她問她，「嚴昕有沒有跟妳說他以前的事？」她搖頭。忽然覺得自己很不應該，好像都不關心他。神奇的是，安昭妍似乎知道她的想法，對她微笑道，「不用覺得自責喔。本來就是慢慢了解的。我們啊，是不可能一下子就完全了解一個人的。」

宋云媗直視著她，她卻斂起了笑，若有所思道，「想要完全知道一個人的心思，需要很大的勇氣啊。想要一次次走向一個人，也是需要勇氣的。」

似曾相識的話語，觸動了她，她的腦中忽然響起一個小小的聲音。

是嚴昕的聲音。說著：「妳一直都比我勇敢。」

「這一次又是我自己跑來的。」

「妳一直都比我勇敢。」

「既然嚴昕沒有跟妳多說，我也就不自作主張全告訴妳。抱歉，雖然這麼說，就好像在炫耀與他的回憶似地，但我並沒有這個意思，請妳諒解。我只是……」安昭妍揉了揉耳朵，「以前的我希望他承擔，現在的我希望他被善待。嚴昕他很細膩，連情感也是，曾經是我不懂事，如今我在他那兒已經沒有話語權。

「若是被他知道我告訴妳這些，他一定會不高興，可是……如果妳在意他，就要去瞭解他。不要只是對他的過去模模糊糊地明白，哪怕他不想妳知道。妳必須要知道。因為那是他脆弱的地方，是他最需要被細心對待的地方，更是他永遠無法忘懷的、自己最重要的曾經。」

安昭妍看著她，眼睛裡有著很濃的情緒：

「EM。請妳記住這個名字。請妳看見他。請妳去了解他。」

三

當天晚上，宋云嫿坐在電腦前，在Google上搜尋「EM」這兩個字，出來的是Electronic music的維基百科、是them的縮略形式的英漢辭典解釋，以及各式化學和科技的相關網頁。

她皺起眉，在後頭又多打幾個字，關鍵字變成「EM韓國 嚴昕」。

出現了。

是真的，有EM這個人。她莫名緊張了起來。看了標題一會兒，宋云嫿才點進那篇部落格文章，裡頭是很詳細的關於EM的介紹。她稍微看了看側邊的欄位，從文章分類中大致了解這個部落格是專門寫韓國演藝圈的，尤其是出道藝人的介紹，很完整。從以前到現在的團體都有。她重新回到頁面最上頭，開始看起關於「EM」的所有。

一開始，就是他的照片。是出道照，時間是六年前。

六年前，嚴昕十六歲。

「原來從小就長得好看啊……」她看著他的照片不自覺嘀咕。

「有沒有人跟你說過，你其實挺有明星相的啊？我覺得你染回黑色頭髮之後，更……好看了，我怎麼以前都沒發現原來你長得帥？然後現在這樣看，你呀，皮膚也好，臉型也俐落……沒什麼死角，五官……誒還挺有味道的。」

那時，她說這些話的時候，嚴昕是什麼表情呢？

想不起來。宋云嫿眼神一黯。

「EM，solo、創作型歌手，本名嚴昕，出生地台北……」她一一看下來，有些她知道，比如生日、星座、喜歡的食物、討厭的科目，有些她不知道，比如他寫過多少歌、最高一次上網路音樂榜單的名次。

「……出道一周年，宣布和同公司的 solo 歌手 Ann 組合小隊，名『AmE』，以吉他的和弦命名，表示兩人在音樂上擁有創作才能與創新力。而他們推出的歌曲，總是好評不斷，榜單成績佳。」文字底下是小隊的照片，裡頭的嚴昕身旁，正是下午來找過她的那位姊姊。

EM、Ann、AmE。

宋云培忽然覺得，他們這群普通科的孩子其實離嚴昕很遠。甚至，是原本不會有交集的人。

她越坐越冷，只好起身拿床上的被子過來蓋。

看完整體簡介後，接下來是一連串的歌單。不是演唱者是EM，就是作詞作曲者是EM。其中有原創，也有 cover，也有 acoustic 的改編。

她突然想起有天她練完舞，嚴昕給她打電話，唱了一首韓文歌，她問他中文意思，他默了一下，便唱出中文版本。她以為，是那首歌也有中文版。

但或許，是嚴昕當下改的？

這位寫部落格的人很用心，幾乎將所有有關的資訊、影片都放進來。包括歌單後面，都附上影片連結。

有一則，吸引了她的目光。

宋云婼點進那個名為「出道評價曲 cover 重現」的影片。推算這則影片的時間，是 AmE 還沒有出現的時候，但那時 EM 和 Ann 已經很常同台演出。

影片的開場畫面，是一片黑暗。隨後一盞燈亮起，亮在舞台中央，舞台中央站著一個人，身上是黑帽、黑衣、黑褲、黑鞋。她認得出，他是嚴旿，更應該說、他是EM。他拿著麥克風說話，說的是韓語，很流暢。

影片下方有網友們做的中文翻譯。

「這首歌，是我在出道評價時唱的歌，也是我在練習的過程中，常常聽的歌。非常喜歡的一首歌。這首歌曲、這個世界曾經讓我絕望，而今天，在這裡送給你們，是希望，當你們覺得辛苦的時候、覺得無望的時候，可以再度站起來。因為，我今天也站在了這裡。」

尖叫聲響起，隨即因為一個輕巧的鋼琴聲而安靜下來。

以為自己能夠抓住　我所夢想的瞬間
正因如此我才能昂首向前　毫無理由地堅信著
如果不放棄　繼續走下去的話　努力做到最好的話
就以為我眼前的景象會有所不同
最後一定會抓住的　我每天祈禱著

背景的鋼琴聲時不時地出現一會兒，使嚴旿近乎是清唱，而他的聲音似是呢喃，低沉又穩定地連續著。

宋云婼反應過來，他是在唱 rap。而後，他的聲音加上了更多旋律，使歌曲進入到另一個階段。

只望著前方奔跑　儘管前路黯淡
隧道的盡頭　必定會有耀眼的光芒
懷抱著如此信念　不斷地奔跑　奔跑
就是想要看到那燦爛的光芒
真的好像再走一點就行了
好像是伸出手就能觸碰到的距離
可為什麼　為什麼還是覺得在原地踏步
是還不夠嗎　想繼續向前奔跑就得咬緊牙關地站起

宋云娸看著底下的中文歌詞不斷出現又消失，她也不知不覺地陷入嚴盺的聲音當中。是因為他擁有著和這首歌曲共感的情緒嗎？還是因為歌詞讓她有所觸動？她的眼眶竟慢慢紅了起來。

而此時，音樂聲漸大，鋼琴聲變得急促，他的聲音也漸漸緩緩地染上更多情緒。

但是有太多難以承受的現實　就像要把我打倒一樣
因為不想認輸　正在掙扎著堅持著
我付出我的全部　就為了實現夢想
但為什麼越努力越痛苦　為什麼感受不到我迫切的心

為什麼總是跟我開玩笑
我們想要的並不多　只有這一樣而已
隨著時間過去得越久　就越想癱坐在地上

鏡頭帶到嚴昨藏在帽子下的雙眼，那雙眼睛是她所熟悉的眼睛，是曾經對她笑、也讓她心動的眼睛。而現在畫面中的，卻讓她心疼。

像是化不開的、濃郁的黑暗，在他眼裡。或許也在他心裡。

是世界創造了責任　為何我要被拋在其中
為什麼這些痛苦都要我去承受
彷彿世界不放過我　即使不是我的錯
就算我能說出口　但我能做的也只有逃避和躲藏
如果真的有神靈的存在　請您聽聽我的傾訴
我能做的就只是這些　我太討厭這樣了
雖然只能光腳走過那片荊棘道路
但還是閉上眼　在心裡吶喊
I pray for my dream

瞬間，音樂聲靜止，嚴昨的聲音也消失，舞台上的燈光也熄滅。

一個女聲響起。沒有任何伴奏、任何陪襯，唯有清唱的方式，慢慢唱出歌詞。

同時，光也打在她身上。

她的聲音很輕，很柔，像是在嚴昨給予那些來自現實的傷痛之後，由她給予撫慰。

再次懷抱夢想吧　我想要的那種夢想
我會雙手合十祈禱的
偶爾我會停下來看看天空
我還有要站起來去實現的夢想啊

——김민재（Real.be），윤하（YOUNHA）〈꿈은〉

聽完了整首歌，讀到底下某段文字的宋云婼，隱含在眼眶裡的眼淚居然就這樣掉了下來。

這段文字有個題目，為〈EM，此名〉：

「五年前，韓國歌手 Ann 在她的演唱會被問道，EM 這個名字，在她而言如何解讀，她看著在舞台另一側的他，微笑道，『EM. Effulgent……My.』

「三年前，韓國歌手 EM 在夥伴 Ann 告別歌壇一年後，以一條動態宣告自己退居幕後，不再以正式歌手的身份活動。EM 的粉絲們紛紛表示不捨及難過，喊出了『EM. Everlasting Memories.』作為永遠應援的承諾。

「兩年前，EM 在個人頁面上留下一句『EM. Every Mistake.』過往動態全數刪除，從此人間蒸發。」

四

部落格的主人還特地在最後標示，每年都會更新這部分的時間，而今年是 EM 消失的第三年，他仍沒有回來。

而宋云婄掉下眼淚，是因為她看著網頁上簡短的文字，想到了他剛剛開場說過的話。

「這首歌、這個世界曾經讓我絕望，而今天，在這裡送給你們，是希望，當你們覺得辛苦的時候、覺得無望的時候，可以再度站起來。因為，我今天也站在了這裡。」

——因為，我今天也站在了這裡。

可是，現在的嚴昨卻回到了台灣。

告別歌壇、退居幕後、Every Mistake、人間蒸發……

「妳好像總是會出現。」

「其實不是別後悔就行。可以後悔的，但後悔了，也還是要走下去。必須是這樣。」

「云婄，我有很多話想說。可是現在的我，還沒有跟自己和解。」

「我有好多個自己，妳相信嗎？」

宋云婄僵著身體，眼淚一直掉下來。

「謝謝妳告訴我，妳在這裡，而我也是。」

他一直陷在這樣的迴圈裡。

而她，居然什麼也不知道……

宋云婠邊擦著眼淚，邊去摸手機，撥通嚴昕的號碼，電話很快被接起。她努力穩住自己的聲音，問他，「在做什麼？」

「……妳的聲音——」

「我想聽你唱歌了，可以嗎？會不會不方便？」她偷偷用嘴巴呼吸著，怕一用鼻子吸氣，就明顯是鼻塞的聲音。

「想聽什麼？」他的聲音放得更溫柔了。

「都可以。」他安靜了下，隨即唱起她暑假時和他一起聽過的歌：「……When you're young you just run／But you come back to what you need……This love left a permanent mark／This love is glowing in the dark／These hands had to let it go free／And this love came back to me……」

原來這些歌詞都具有深意。

他的過去和他的現在之間連結著的，是他擁有的熱愛，也是他承受的傷口。他也不可能逃開，他終究會回去，或是，那些終究會回來尋找他。他和她一樣、和他們一樣，都有著無法言說的疼痛。

宋云婠不敢發出聲音，只是緊緊捂著自己的嘴。

然而，嚴昕早就聽出她的不對勁，唱著的歌也停了，輕聲問，「云婠，怎麼了？」

「……我也不知道。我不知道……」

她只是覺得很難受。

他說過，EM，是Every Mistake。讓她忍不住想：這麼好的你，為什麼要這樣討厭自己？

我那麼喜歡你，你怎麼可以討厭自己？
怎麼可以在我不知道的地方，默默地，把自己否定掉？
怎麼可以……在我不知道的地方……這樣難過？
他和她一樣、和他們一樣，都有著無法言說的疼痛。
而她難過的時候有他，但他難過的時候有誰？

／

四年前。
十八歲的嚴昕跟在顧海身後，走進了夜店。這不是他第一次進來，卻希望這是最後一次。他們穿過人群，耳邊是震耳欲聾的音樂聲，各式各樣的笑鬧聲、尖叫聲，裡頭的燈光使人迷幻。嚴昕下意識皺起眉，他瞥見他要找的人，轉個身就上了樓，連前頭的顧海都沒叫。
嚴昕一路穿過無關的人，停在某一桌前，沙發上的人們看見他很開心，喊著，「EM來了。」
「EM坐，陪哥喝酒。」
「EM？是Ann的那個小朋友？哇，挺帥啊。」
嚴昕什麼人都沒理，目光只是盯著聽了另一個人的笑話正在大笑的安昭妍身上。安昭妍這時才發現他，
「EM？來，來了就坐著啊。」
「妳跟我回去。」

「啊？什麼？我沒聽見？」他看她的眼神早已不對，明白她是喝醉了，更想把她帶走。他伸手去拉她，安昭妍動靜很大地將他甩開，「又來！你每次都讓我回去，我才不要。演唱會都結束了，新歌的錄音也錄了，至少現在你別管我行不行？」

「Ann，我說過，再怎麼樣也不要待在這裡。」

「誒誒，你這個小子在這裝什麼大人？嗯？是這樣跟哥哥姊姊說話的？」她身邊一個男人叼著根菸，和他們一樣，是出道的藝人，不同公司，但是合作過。

安昭妍忽然站起身，也因為動作過快而搖搖晃晃地，她拿著酒瓶，灌了一口酒，笑了，對著剛剛發話的男人道，「誰準你說他了？他怎麼和我說話是我的事，關你什麼事？你少自以為是了，能仗著的也只有年紀。」

「安昭妍。」那男人望著她，眼神不悅。

「你只不過比 EM 早出道一個月，現在你在哪裡，他在哪裡？他拿一位的時候，你是不是吊車尾呢？嗯？」那男人被她的言語逼得也站起身，隨即就有人拉住他，讓他冷靜。而嚴昕自己也是渾身緊繃，深怕安昭妍一句話，讓事情變得複雜。

「Ann。」嚴昕喊她，喊得並不大聲，安昭妍卻看向了他。

她聽見了。她揚起笑，「EM，不管你在哪叫我，我都能聽見喔，你相信嗎？因為，我最喜歡的就是你的聲音，任何時刻都可以認得出來，也很難忘記。因為我本來就是對聲音著迷的人嘛。」她說著無關緊要的話。他試著再一次去抓她的手，她還是避開，「我說過不要了不是嗎？我說過我不要回去了吧？我說過我不要上台了吧？我說過我不要寫歌了吧？我不是說過了嗎？EM，你就不能放棄我嗎？就不能放過我嗎？」

安昭妍往後退了一步。

「很奇怪，我怎麼能一點幸福都感受不到呢？只有、只有聽你唱歌的時候，才讓我有幸福的感覺。我做不到。EM……我創造不出幸福。」

樓下爆出一片歡呼聲，莫名讓安昭妍嚇得捂住耳朵，雙腳又下意識地退了一步，可她的身後只有一道欄杆，高度沒過她的膝蓋，完全沒有防護功能。

那一夜，嚴昕就看著眼前的人，猝不及防地，從他面前摔下去。

那一夜，嚴昕永遠都會記得。

那一夜之後的他們，他永遠都會記得。

五

安昭妍意外摔傷的消息隔天就傳出來，讓網路上一時間竄起一股小騷動，而她在醫院住了一個星期後，她一直活躍著的個人SNS頁面發佈了一則動態，讓這股騷動延伸為韓國演藝圈的大新聞以及粉絲們之間的吃驚與不敢置信。

Ann：請你們給我兩年，讓我找回我的路，兩年之後，再見抑或不見。

不久，其公司也公開消息表示，旗下歌手Ann將暫停所有活動，AmE無限期休息，最新錄製的歌曲也僅會發佈音源，將不會有SHOWCASE及任何舞台演出。

粉絲以及路人都納悶：出道三年，顏值實力皆備，出道曲表現就大放異彩，往後成績也一直都很好，而被譽為「創作才女」的人，怎麼了？

病房裡，安昭妍正坐在病床上，頭上纏著繃帶，雙眼望向窗外，若有所思。顧海走進來，在她面前揮了揮手，慢慢地開口，「今天還好嗎？」

安昭妍看著他說完，斂下眼，搖頭，「越來越嚴重了。」

耳道的疼痛、漸漸嚴重的耳鳴，加上今天早上起床感覺到的暈眩，都讓她知道自己的狀況越來越糟。這一個星期，從她被送到醫院而後醒來開始，便一直在做檢查、觀察、和醫生討論情況。直到今天，公司希望她暫停演藝活動。

她自己也是這樣想的。

「Ann，EM 等等就過來了。」

顧海說話的聲音在她聽起來小小的，需要認真地去辨認。讓安昭妍覺得自己失重的速度越來越快。EM。她神情黯下。他終於肯來見她了。

沒多久，門被敲響，顧海讓嚴昕進來，而自己出去，留給他們說話的空間。

「坐吧。」安昭妍先對他笑，和那些夜晚總是喝得爛醉如泥的她，非常不一樣。嚴昕又是痛心，又是難過。知道她為什麼這樣，卻不能諒解她為什麼這樣。

他只是站著。

她看著他，慢慢斂起笑，卻沒有把視線移開，照樣看著他，「是我受傷，你幹嘛生氣？嗯？」

「我讓妳不要待在那裡了吧？」他控制著自己的情緒，「妳累，妳可以休假、可以找我、可以在家休息、在家喝酒，都可以，可是，為什麼要去那種地方？在那種地方就會比較好過嗎？妳現在把自己弄成這副德性妳好過了嗎？」

她見他雙眼通紅，心裡發疼，臉上卻輕輕笑了起來，輕聲細語地，「我怎麼了嗎？我又不是吸毒，我只是喝酒，EM，我怎麼了？」她被耳鳴所干擾，不禁皺起眉，「我又沒有犯罪，我只是害自己從二樓摔下來，兩耳毀了，我又怎麼了嗎？」

「我說過不要了不是嗎？我說過我不要回去了吧？我說過我不要上台了吧？我說過我不要寫歌了吧？我不是說過了嗎？EM，你就不能放棄我嗎？就不能放過我嗎？」

嚴昕突然就無力了起來，「Ann，夢想對妳而言就這麼痛苦嗎？是夢想毀了妳嗎？難道、就真的這麼難受嗎？」

安昭妍聽了他的話，兩眼露出茫然的神色。

「為什麼要逃？站上去唱歌不就好了嗎？享受不就好了嗎？妳不是告訴過我，所有答案都可以在舞台上找到嗎？我懷疑的、我想要的，都可以在舞台上找到、感受到，所以，再怎麼辛苦、再怎麼覺得自己做不到，也要努力去到舞台上才行。這樣才不會辜負我們唯一能擁有的東西。」

她想起她真的和他說過這些話，在他出道前夕，在他差點就要撐不下去的時候，身為前輩，她真的曾經這樣鼓勵過他。

安昭妍的眼淚忽地就落了下來。

「我……我不知道。」她的耳朵嗡嗡地響，忽然之間，蓋住了所有聲音。她連自己的心跳聲都聽不見了。

「EM，我不知道我從哪天開始害怕歡呼聲，我明明這麼喜歡過，我明明……就為了可以得到那些歡呼聲而拚命練習，練習唱歌、練習舞蹈、練習創作、練習表情，在我的同期放棄練習生生涯，回去念書、回去工作，在他們的生活重新變得穩定的時候，我沒有放棄。」

她盈滿淚水的眼睛看著他，「你也知道吧，整夜面對一堆五線譜有多難受、整天練習同一首歌有多噁心、整日整夜都要對抗自己對自己的質疑、自卑、不信任有多累，EM，我們唱出的歌有多感動人心，那些歌就有多傷我們自己。寫詞作曲、錄音表演，一遍一遍，去掏心、去傷心，才可以給予感動。你忘不了的，就算是出道之後，這些都不會停止，我聽你的歌就知道。

「是，我是說過，所有答案都可以在舞台上找到，再怎麼辛苦、再怎麼覺得自己做不到，也要努力去到舞台上才行，因為，會再重新得到力量。可是，我不想再得到答案，也不想再得到力量了。我不想……再上去那個舞台了。重新得到力量之後，一直、都會再度循環回來，喜歡的自己、討厭的自己、喜歡的生活、討厭的生活，太多聲音了，太多了……」

安昭妍深深呼吸著，手忍不住去揉耳朵，試圖去減緩不適，可是無用。而她終於哭出聲，「對不起，我很貪心，也很害怕……我不要，我不要只是唱歌，我想要能一直唱下去、一直走下去，我不要像他們一樣，只是短暫出現過而後消失，如果這樣，我寧可從來沒開始過。EM，你有一天會明白的。你會明白，你的能力、你的成果配不上你的渴望的時候，你會有多希望自己從此消失，多希望自己一點才能都沒有，多希望自己乾脆從一開始就庸庸碌碌過一生。那不是站上舞台就能克服的事，而是你知道你站上了、但總有一天要下來。那不是你的，EM，從來就不是。」

「我創造不出幸福。」

「夢想對我而言就這麼痛苦嗎？是，EM，我的夢想，讓我很痛苦……」

每晚的夢魘或失眠讓我不耐，每次上台前躲在廁所並止不住的乾嘔讓我難捱，每日受靈感所束、受情緒所縛的心讓我無奈。

三年了，你會知道我是這樣的模樣嗎？

我也想要更好。可是，究竟是要更好的什麼？

更好的歌曲？

永遠都會有比我寫的歌更好的作品出現。

更好的實力？

然而我卻覺得自己一直陷在原地、難以突破。

更好的自己？

可在我心裡出現過的聲音之中，哪個才是我自己……

六

四天後，安昭妍出院。

事發三個月後，六月，EM出了一張單曲。當天音源榜衝上第五，維持了三個星期。

七月，因為聽力狀況不穩定，安昭妍開始進行發聲以及唇語判讀的練習，以防她的狀況惡化時，無法應對情況。

九月，EM帶回一張迷你專輯，五首歌皆進入音源榜前五十名，主打歌更是位列第一名，持續了將近一個月。有人說他的創作更有個人風格了，也有人說他的音樂更成熟了，卻也有粉絲開始擔心起他的狀況，認為他兩次的回歸風格似乎都比較黑暗。

十月，安昭妍被爆出退隱歌壇是因為耳朵受傷，且恢復機會不大。公司方面沒有承認，但沒有否認，只說了她正在休息。在眾人眼裡，此舉形同默認。

十一月，EM再次回歸，作品快速登上榜單第一名，而這次的名次很久都沒有動搖。

然而，這卻是EM最後一次回歸。

隔年三月，EM發佈了一則動態：來到韓國五年了，也曾度過幸福的時光。我的同伴曾經和我說過，我們會從舞台得到力量和答案，而如今，在舞台上，我好像無法再做得更多。去年下半年，頻繁回歸的那幾個月，把想說的話變成了歌，也令許多人擔心了。此刻，話已說盡，想要擁有更多與音樂相處的時間，於是在這裡和各位道別、以及道謝。EM從此，退居幕後，不再以歌手的身分活動，而是會以詞曲人的模樣在創作的路上前進。謝謝。

韓國演藝圈一片譁然。

正值事業高峰期、且有良好前景的EM，就這麼引退了。

公司的公關不久後便釋出公關稿，說明EM事前並沒有與公司商量過，公司會再與EM進行討論，但也絕對會尊重其個人意願。

一個星期過去，事情沒有轉機。

粉絲們雖然不捨難過，但也紛紛接受這樣的事實，支持的聲音大過不滿，在SNS上，幾個大的粉絲站也聯合掛出了「EM. Everlasting Memories.」的字樣與標語，作為永遠應援並等待EM的承諾。

／

宿舍。

嚴昕正躺在地上，戴著耳機，動也不動地，就望著天花板。他所躺的地方，滿是樂譜紙張，有的只有線、還未填上音符，有的有完整的音符與歌詞，有的則被畫上一個大叉，有的似乎正創作到一半。

顧海按了密碼進來後，不知道該走哪裡好。那些樂譜即使在地上，他也踩不下去。好像不小心踩到了，就會傷到嚴昕一樣。

他眼前的少年，已經是這個狀態很久了。

在去年，他和安昭妍在病房說完話、出來之後開始，他有行程便出門，沒有便成天關在宿舍，顧海不來，他就吃泡麵，喝的不是咖啡就是酒，做的事情不是寫歌就是戴著耳機躺在地上發呆。他瘦了很多，眼神也變了很多，為了不讓粉絲發現他的變化，他也總是戴著帽子，戴著帽子唱歌、戴著帽子上節目。

顧海勸過他、罵過他、逼過他，沒有用，嚴昕只是更加沉默，而EM的成績卻越來越好。

突然有一天，嚴昕忽然和他說，「哥，我一直會想起她說的話。」

「誰？」

「Ann。她說，太多聲音了。」

「什麼？」

「太多了……」嚴昕的手正將最後一個音符寫上，然後隨意哼唱了幾句，似乎是滿意了，便放下筆，拿過旁邊的吉他，開始從頭彈起，卻在後半段停了下來，將眼前的紙張扔到一邊，重新拿起一疊新的五線譜，又開始寫音符。

「EM？」

「原本以為那些情緒是她的，沒想到，好像也是我自己的。」嚴昕又停下手上的動作，轉頭看向他，「哥，我想過得純粹點。我不想再聽到她的聲音了。」

那時，他手上正寫著的，是他寫給自己唱的最後一首歌。

「EM，起來吃飯了。」顧海在玄關處喊他。嚴昕的視線看過來，又轉回去。他只好彎下腰，幫他把一張張五線譜都撿起來、收整齊。

那時的顧海還不知道，那時的嚴昕也不會知道，EM宣布引退之後、那年三月之後，將近一年的時間，EM為別人作詞作曲，交出一張張漂亮的成績單，然而，夢魘和失眠、壓力和心理作用，卻成為嚴昕的日常。

那年，嚴昕二十歲。

「你也知道吧，整夜面對一堆五線譜有多難受、整天練習同一首歌有多噁心、整日整夜都要對抗自己對自己的質疑、自卑、不信任有多累。」

「我們唱出的歌有多感動人心，那些歌就有多傷我們自己。一遍一遍，去掏心、去傷心，才可以給予感動。你忘不了的，就算是出道之後，這些都不會停止，我聽你的歌就知道。」

「我不想再得到答案，也不想再得到力量了。重新得到力量之後，一直、都會再度循環回來。」

「太多聲音了，太多了……」

「我不要只是唱歌，我想要能一直唱下去、一直走下去。」

「多希望自己乾脆從一開始就庸庸碌碌過一生。」

「你知道你站上了、但總有一天要下來。」

「那不是你的，EM，從來就不是。」

／

凌晨兩點多，顧海開著車，而嚴昕坐在副駕駛座上，看著夜幕深邃，無雲無風。一路上沒有什麼車輛，只有路燈一盞一盞過去，世界靜得像是只有他們，驅車前行。

好像什麼都可以結束一樣。很寂寞似地，卻也很乾淨。

嚴昕輕輕哼起了歌：「總有一天／在遙遠的某一天／我要走向廣闊而粗糙的那世界盡頭的大海／即使什麼都看不見／跟隨著記憶裡不知在何處聽到的海浪聲音／我要永遠地走下去……」

就這樣看著那片夜空，嚴昕才明白，她的聲音，其實是他自己的聲音。

那些動搖、那些質疑、那些自卑，那些他不想再聽到的她的聲音——

其實，都是EM內心裡本就擁有的聲音。

而那時是七月，嚴旿剛滿二十一歲。
而那晚的他們，正要離開韓國。

七

「你今天見到Ann還好吧？」顧海從他的冰箱裡拿出義大利麵要微波，卻被人拒絕，「我不要吃橘色那盒，我要綠色的。」

顧海：「橘色是我要吃的。」

「喔。那綠色順便。」

顧海撇撇嘴，倒是先將綠色那盒放進微波爐。嚴旿躺在沙發上，看著手機螢幕上他的女孩的照片，細細回想她剛剛在電話中的哭聲與語無倫次。他皺起眉。因為韓劇？到底是看了什麼韓劇會難過成這樣？

「最近的韓劇很虐嗎？」

「嗯？什麼是虐？虐待？劇為什麼會虐待人？」

其實嚴旿也是聽秋喻講了幾次才知道這個說法，可以表示故事或劇或幾乎一切事物很讓人難過、難受、揪心等，但是他懶得解釋這麼多，「去Google。」

「……中文進步這麼多了不起啊！還想不想吃你的青醬了！小心我扔了。」

「反正樓下超商還有賣。」

顧海：「……」

「算了，你不看劇，我也是白問。」

顧海再次：「……」

他到底為什麼要浪費機票錢來看這臭小子？

聽見提醒聲，顧海戴著隔熱手套把麵拿出來，又把自己的茄汁麵放進去，等了兩分鐘後，再全部拿到客廳的桌上去，然後就坐下來，拌自己的義大利麵，看嚴昕這麼慢悠悠的樣子，以為他沒有受 Ann 太多的影響，便以閒聊的口吻道，「所以你們今天見到了，溝通都順利吧？Ann 也真是，也不知道她是可憐還是厲害，你應該沒有看出來吧？」

「看出來什麼？」他收了手機，起身，坐到地板上，拿起叉子。

「她完全聽不見了。聽說是兩年前的七月吧，就差不多是你離開韓國的時候。說頂多只能聽見有人說話，嗡嗡嗡地，可是完全不知道內容，但跟她講話的時候，她又應對得很自然。大概是一直在練習著吧，發聲還有唇語判讀，韓文、中文、英文。所以只要她自己不說，她就跟正常人一樣，別人也很難發現她聽不見。」

顧海抬起眼，才發現嚴昕早就僵住了動作，盯著眼前的麵，不知想法。

「我一直有個預感，如果我再不來找你，可能就來不及了。」

「身體……還好嗎？」

所以那個時候，她才不回答嗎？因為根本不知道他說了什麼。

「嚴昕，你回到台灣之後，Ann 其實變了很多。」顧海放下叉子，「你不在的兩年，她變得比以前更樂觀了，很多她以前執著的事也都放下了。我可以感覺到，她又是那個剛出道、甚至是剛去到公司當練習生的那個安昭妍，比起擁有光環以及擁有必須出道的壓力、出道後必須拚成績、面對大眾期盼的她、喜歡唱歌創作卻也討厭唱歌創作的她，她更喜歡她自己了，那個就只是平凡地生活著的自己。你不覺得……這樣也很好嗎？」

「我已經得到答案了，也不想去驗證答案的對錯，要是去計較，那對的答案究竟是玫瑰還是雜草呢？對的，就一定是我的嗎？雜草，不也是有一生可以去成長嗎？」

因為想起她說過的話，讓嚴昕的神情變得柔和。

「小小雜草，不像玫瑰有刺，比玫瑰更柔軟，雖然平庸、雖然可能被踩踏、雖然可能負著傷……然而，我們怎麼可能不受傷呢？」

「嗯……這樣很好。」他捲了一口麵，看著熱氣蒸騰而上。而後他對上顧海的視線，緩緩地，微勾起嘴角。

「吃、吃麵啊，你這樣笑我好不習慣。快吃！」

仍舊笑著的嚴昕其實是在想著，只是昭妍的安昭妍、只是嚴昕的嚴昕，總會有人，喜歡這樣的他們，不論做得好，或是做得不好，直視存在本身的當下，便會有得到幸福的時候。

這樣很好。他們都在慢慢走出來。

／

隔天，剛見到面，嚴昕就被宋云嫿一把抱住，他被迫彎著腰，一臉懵地問，「妳到底是看了哪齣韓劇？

這麼影響情緒？」

「嚴旿。」她的聲音軟軟的，就在他耳邊，「你很討厭EM這個名字嗎？」她感覺到他的僵硬，便輕拍著他的背，像是安撫似地，「可是我很喜歡怎麼辦？很喜歡EM這個名字、嚴旿這個名字；很喜歡EM這個人，也很喜歡嚴旿這個人怎麼辦？很好啊，我喜歡的人，居然這麼好呢。說到這，我就不得不罵你幾句，你所寫過的歌、站過的舞台、有過的悲傷和幸福、將近七年的時間、花了七年的心力而成為的人，怎麼會是錯誤呢，才不是。」

「……那是什麼？」

她鬆開他，望著他的神情有些兇悍，但更多的是篤定、且帶著隱約的溫柔，「EM，對我而言，是Every Moment。是你來到我們身邊、來到我身邊之前以及之後的每一刻。你是每一刻的你，每一刻中最好的你。你是這樣的嚴旿啊，才不是什麼錯誤呢。你要是再說EM是錯誤，小心我揍你啊。」她邊說著，還邊揮著她的小拳頭。

嚴旿：「……妳的最後兩句，壞了妳一鍋浪漫。」

宋云媗：「……小可愛有至高無上的任性權利。」

嚴旿看著她，慢慢地笑了。她被他看得有些害羞，「你笑什麼……」

「乖乖，讓我抱一抱。」他俯下身，重新將她納進懷裡。

這是他的女孩，也是他的小可愛；

是他的來時路，亦是他的安身處。

八

每一個人都會是玫瑰，也都會是雜草。
一生，會有被踐踏的時候，也會有得到全心全意的灌溉的時候。
總會有人，喜歡此刻的你，不論你覺得自己做得好，或是做得不好，在某些人眼裡，你已經有了光芒，你的存在，會讓他們覺得幸福。
不要忘記，你始終都有讓人覺得幸福的能力。

九

Effulgent My. 燦爛於我——
Everlasting Memories. 永恆的回憶——
Every Mistake. 皆為錯誤——
Every Moment. 每一個當下——

十

——EM.

——ME.

末語

一

一年多後，他們迎來高中的畢業典禮。

宋云辰穿著普通科的黑色制服跟著隊伍走上台，她和頒獎人領了獎、握了手，在等待的時間裡，看見了台下的嚴昕。

那一刻，所有掌聲及話語都安靜下來。

她逆著刺眼的燈光望向他，彷彿又回到了那個夏天。

初遇的場景在她腦中浮現，他的聲音重新回到她的耳邊。

「挺好的，黑色讓人沒有雜念，也沒有渴望。」

「又要我幫忙洗拖把嗎？」

「妳的老，定義是什麼？」

「需要幫忙嗎？」

他的前來，從最一開始，就帶著一場雨。

雨過會天晴。

可他的天晴，沒有彩虹，只有一片乾淨得什麼也沒有的天空。

她知道，那是他的心。

二

畢業典禮結束後，真正走出校門時，宋云婍忍不住又回頭望了眼，看著一個一個步出校園、身穿各式制服的人，想起徐姜在他們初入學時，說過的話。

莫名地，有些愣然。

自己，為什麼會來到這裡呢？

因為，原以為，看著那些擁有夢想的人，自己就會得到勇氣，也會得到機會。看著他們，就好像生活都美好了起來，所有願望都有實現的可能，他們的投入、辛苦、表現、滿足，都無比迷人。她也想成為這樣的一個人。可到頭來，那樣的光芒，是屬於別人的，再怎麼觀望，自己終究是一身黑色制服，走出這裡。

而十八歲的他們，都與最初的夢想遠去——

三

他們會知道嗎？

尹赫允會知道嗎，八年後，他會在一個小操場上，看著那些孩子們迎風、盡情奔跑。那時的他臉上有笑，已不太會想起年少，他也終於懂得，那一聲聲老師，比那一聲聲教練，更讓人感到幸福。

那時候，夕陽正西下──

秋喻會知道嗎，八年後，她會穿著整齊套裝、高跟鞋，從事務所所在的大樓出來，滿身疲倦，而她會走到附近的公園，坐在一座長椅上，將長久站立或行走而磨腳的高跟鞋脫下，然後便看著來往的行人，或者看看天空，偶爾會接到一通電話讓她回去加班，或是詢問工作事項，偶爾她會再去到書店，但已不會走向曾經常佇足的書櫃，而是到專業書、人文社會的類別去。因為她已有所成長，也以此求心靜。

那時候，夕陽正西下──

宋云碤會知道嗎，八年後，她會成為一個老闆娘，從一開始在網路上賣自己團隊設計的衣服，到後來有自己的小店舖，成為了一個自由業者，有一陣子會忙到沒有三餐，有一陣子會清閒得天天在家宅著。而她也會因朋友請求，幫忙代一期電台ＤＪ的職，後來代出心得，自己也在網上做出了一個小電台，玩得不亦樂乎。

那時候，夕陽正西下──

嚴旿會知道嗎，八年後，他已經回到那些五線譜與吉他、電子琴以及錄音室的懷抱，他會時不時錄幾個Demo、時不時往韓國寄詞曲，那些當紅歌手的收錄曲資訊中，總會有一欄寫著EM。EM這個名字在韓國又再度傳開。他也明白粉絲們的心，開通了一個社群帳號，那個帳號有時晚上會上傳一個他自彈自唱的影片，有cover、也有原創，不長、卻每一則都令人想妥貼收藏。有些時候，耽溺在創作的氛圍，使他難以自拔的時候，他會發現，他的女孩不是枕在他腿上玩手機玩到睡著，就是在廚房裡折騰她新買的烤箱還一邊哼著小調，那個時候，他似乎又能走出來、又是嚴吽了。

那時候，夕陽正西下——

「現在是下午五點四十分，今日的代理ＤＪ宋宋在這裡，為你們點播今天的最後一首歌曲。宋宋想用這首歌，為疲倦的人們應援，不論你或妳是個有夢者、抑或是個無夢人，不論你們今日是有淚在懷、抑或是笑顏逐開，願你們擁有的愛——對生活的愛、對家人的愛、對戀人的愛、對夢想的愛、對自己的愛——不散、都在。Taylor Swift 的〈This Love〉，送給你們。」

宋云婼拿下耳機，眨了下眼睛。

她聽著歌，想著，如果可以，她也想把 Taylor Swift 的〈This Love〉，送給十幾歲的自己、十幾歲的他們。

她想回到過去，告訴十幾歲時的他們，那些自己曾有過的熱愛，都會留下彌足珍貴的印記，也都會在黑暗中閃閃發光，他們或許曾經親手捨棄或是逃避，但是那些，終將會回來，隨著時間流逝，安靜沉澱，成為一份獨一無二的禮物。於是，想告訴他們：你們並不失敗，你們很勇敢。

音樂進入尾聲，節目也將要結束。

宋云婼緩緩吐出一口氣，提早出了錄音室，到外頭去看看窗外。

去看外頭，被大片橘紅溫柔映照的世界。

她還想告訴他們，告訴十幾歲時的他們——

尹赫允，謝謝你走到了這裡。
秋喻，謝謝妳走到了這裡。
宋云婄，謝謝妳走到了這裡。
嚴昕，謝謝你走到了這裡。

這時候，夕陽正西下。

四

此刻，宋云婄將視線從ＣＲ高中的校門口移開，背過身去，他們三人都已經在那裡等著她。
她對著他們微笑，而他們亦然。

十八歲的他們，都與最初的夢想遠去——
但故事，也仍會繼續下去。

五

他們，會知道嗎？

後記——

致所有無名有實的光芒

一：關於那些時間

二〇一八年六月十二日：

重新開始連載之前，在簡介頁面上，我為《耀眼》（我總是習慣這樣稱呼他們）多增加了一個自訂標籤：致十多歲的自己。在《耀眼》裡，除了現在正緩慢寫下他們的我之外，更多的是以前沉澱著他們的我，那個十多歲時還深陷於某些泥淖中的我（當然現在有新的泥淖）。在寫《耀眼》時，我一直是努力還原以前自己的想法，即便那些現在都大致或願意舒展開來。

於是，《耀眼》其實是過去式。

然而，其中也並不完全是以前的我的話語，有他們各自帶給我的、還有現在的我想給予的；有以前的我、曾經日日夜夜無法放下卻也無法說出口的話，也有現在的我、試圖傳遞給過去的自己的答案，還有現在正陪伴著我要等待解決的問題。

最後決定寫《耀眼》，是想讓那些曾經的迷惘、青澀與不堪擁有聲音與安慰，也是想讓那些死去。然後能夠代謝。是紀念，也是告別。有時候想著他們，再看看現在的自己和身邊的人，覺得一切都沒有對錯、早晚。所以，我想讓他們舒展開來、去碰撞、去面對；想去擁抱他們的傷口，哪怕那些疼痛無以名狀、看在他人眼裡莫名其妙、無關痛癢，我也想、擁抱他們、擁抱以前的自己。

也會擔心自己到最後都寫不出心裡所感受到的、想要表達的，擔心作糟、擔心讓讀著的人無感、糟蹋了他們，然而，今天讀到了一段話，很喜歡她那樣比喻寫作，也把那段話記起來，要自己放心。要自己依著感應去寫，也如同所相信的：他們會帶著我向前。不怕，一切好壞，都只是喜歡不喜歡。

二：關於這些到來

仍相信故事中的人物有著自己的意念，作者能做的只有替他們傳達。有時候，只得依循他們。在《耀眼》中仍是。《耀眼》完稿之後，仔細地在腦中過一遍關於他們的大小細節，覺得冥冥之中的地方挺多。有點神奇，並非刻意，但就是，可以不斷迴繞。

嚴昨和云婍說過的話，秋喻和赫允說過的話。云婍和嚴昨說過的話，昭妍和EM說過的話。昭妍和EM說過的話，嚴昨和云婍說過的話。

等等細節，似乎相互矛盾卻也相互影響，隱約像是要給予故事中的彼此理解和答案一樣，也像是要給予我理解和答案一樣。

就連EM最後可以是ME，都是我不曾預設過的。這樣的冥冥之中，看似是設定好的，但其實，是身為作者的我，從他們那裡收到的禮物。

三：關於再見

每次讀著他們的時候，哪怕只有一小節，眼眶幾乎都會紅一遍。真的、曾經覺得這個故事永遠不會被寫出來。

四：關於成為永恆的瞬間

她想回到過去，告訴十幾歲時的他們，那些自己曾有過的熱愛，都會留下彌足珍貴的印記，也都會在黑暗中閃閃發光，他們或許曾經親手捨棄或是逃避，但是那些，終將會回來，隨著時間流逝，安靜沉澱，成為一份獨一無二的禮物。於是，想告訴他們：你們並不失敗，你們很勇敢。

——《耀眼如你．末語》

五：關於相遇

《耀眼如你》至此——

致所有無名有實的光芒；

致十多歲的自己；

謝謝你，謝謝妳，走到了這裡。

蔚夏筆

二〇一九

要青春58　PG2220

要有光 FIAT LUX　**耀眼如你**

作　　者	蔚　夏
責任編輯	林昕平
圖文排版	林宛榆
封面設計	蔡瑋筠

出版策劃	要有光
發 行 人	宋政坤
法律顧問	毛國樑　律師
印製發行	秀威資訊科技股份有限公司 114台北市內湖區瑞光路76巷65號1樓 電話：+886-2-2796-3638　傳真：+886-2-2796-1377 http://www.showwe.com.tw
劃撥帳號	19563868　戶名：秀威資訊科技股份有限公司 讀者服務信箱：service@showwe.com.tw
展售門市	國家書店（松江門市） 104台北市中山區松江路209號1樓 電話：+886-2-2518-0207　傳真：+886-2-2518-0778
網路訂購	秀威網路書店：https://store.showwe.tw 國家網路書店：https://www.govbooks.com.tw
總 經 銷	聯合發行股份有限公司 231新北市新店區寶橋路235巷6弄6號4F 電話：+886-2-2917-8022　傳真：+886-2-2915-6275

出版日期	2019年12月　BOD一版
定　　價	260元

國家圖書館出版品預行編目

耀眼如你 / 蔚夏作. -- 一版. -- 臺北市 : 要有光, 2019.12
面 ; 公分. -- (要青春 ; 58)
BOD版
ISBN 978-986-6992-31-5(平裝)

863.57 108019675

讀者回函卡

感謝您購買本書，為提升服務品質，請填妥以下資料，將讀者回函卡直接寄回或傳真本公司，收到您的寶貴意見後，我們會收藏記錄及檢討，謝謝！如您需要了解本公司最新出版書目、購書優惠或企劃活動，歡迎您上網查詢或下載相關資料：http:// www.showwe.com.tw

您購買的書名：＿＿＿＿＿＿＿＿＿＿＿＿＿＿＿＿＿＿＿＿

出生日期：＿＿＿＿年＿＿＿＿月＿＿＿＿日

學歷：□高中（含）以下　□大專　□研究所（含）以上

職業：□製造業　□金融業　□資訊業　□軍警　□傳播業　□自由業

□服務業　□公務員　□教職　□學生　□家管　□其它＿＿＿

購書地點：□網路書店　□實體書店　□書展　□郵購　□贈閱　□其他

您從何得知本書的消息？

□網路書店　□實體書店　□網路搜尋　□電子報　□書訊　□雜誌

□傳播媒體　□親友推薦　□網站推薦　□部落格　□其他＿＿＿＿＿

您對本書的評價：（請填代號　1.非常滿意　2.滿意　3.尚可　4.再改進）

封面設計＿＿　版面編排＿＿　內容＿＿　文／譯筆＿＿　價格＿＿

讀完書後您覺得：

□很有收穫　□有收穫　□收穫不多　□沒收穫

對我們的建議：＿＿＿＿＿＿＿＿＿＿＿＿＿＿＿＿＿＿＿＿

＿＿＿＿＿＿＿＿＿＿＿＿＿＿＿＿＿＿＿＿＿＿＿＿＿＿

＿＿＿＿＿＿＿＿＿＿＿＿＿＿＿＿＿＿＿＿＿＿＿＿＿＿

＿＿＿＿＿＿＿＿＿＿＿＿＿＿＿＿＿＿＿＿＿＿＿＿＿＿

請貼
郵票

11466
台北市內湖區瑞光路 76 巷 65 號 1 樓
秀威資訊科技股份有限公司 收
BOD 數位出版事業部

（請沿線對折寄回，謝謝！）

姓　　名：＿＿＿＿＿＿＿＿　年齡：＿＿＿＿　性別：□女　□男

郵遞區號：□□□□□

地　　址：＿＿＿＿＿＿＿＿＿＿＿＿＿＿＿＿

聯絡電話：(日)＿＿＿＿＿＿＿＿ (夜)＿＿＿＿＿＿＿＿

E-mail：＿＿＿＿＿＿＿＿＿＿＿＿＿＿＿＿